# 君の青が、海にとけるまで

いぬじゅん

角川文庫
23952

## contents



イラスト／前田ミック

## characters

もろごしとうま
### 諸越唐麻
精神科医で、カフェ「SESTA（セスタ）」店主。
「ポボアード」という名のカウンセリングを行う。

よねざわこむぎ
### 米沢胡麦
ずっと憧れていた看護師になり3年目。
医療事故が原因で、ただいま休職中。

のだのりみ
### 野田紀実
声優を目指して努力中の、明るい女の子。
一見悩みはなさそうに見えるが……。

ひのけんた
### 日野健太
気さくで面倒見のよい先輩。
ズバズバと物を言うが悪気はない。

ささきかつや
### 佐々木克弥
不登校気味の高校生。声を出せなくなり、
いつも筆談でコミュニケーションしている。

いちじょうありさ
### 一条亜梨沙
関西弁で話す、活発なお姉さん。
実は古参のスタッフで、神出鬼没なところがある。

# プロローグ

心が疲れたら、ここへおいで。


地元の人でもあまり通らない道の脇に、海へ続く小道がある。

両側にそびえ立つ松林を越えたら、突然視界がパッと広がる。

白い砂浜の先に琉球(りゅうきゅう)ガラスのような海の色、広がる空はあまりに青い。

手前にコンクリートの壁で守られた正方形の建物がある。二階建てのオープンカフェに看板はなく、店名が小さく壁に彫られているだけ。

ガラス戸を押して店内に入ると、緑色のエプロンをつけたスタッフがやさしくほほ笑む。

二階は予約した人だけが行くことができる場所。

海側が全面ガラス張りになっていて、ソファがふたつ置かれている。

腰をおろせば砂浜と海と空が一望できる。間もなく水平線へ沈もうとしている夕日はジュッと音を立てそうなほど近い。

ソファに座る店主の顔はオレンジ色に染まっている。
「あなたの物語を聞かせてください」
やがて、君は話しはじめる。
苦しかったことも悲しかったことも、帰る頃には夕日色のフィルムになる。
ここは、傷ついた人が訪れるカフェ。
店の名は『ＳＥＳＴＡ』。

名前の由来はまだ、知らない。

# 第一章　あの海が呼んでいる

限界点を超えても、気づかないことがある。

まだいける、まだ大丈夫……。

周りからの大きな声に耳を塞ぎながら、自分を必死に励ます。

ガラスの上にでも立っているみたい。日々重くなる荷物に、足元には模様のようなヒビが走っている。

一歩でも動いたら割れてしまいそうなのに、「右だ」「左だ」と怒鳴る声が聞こえる。

わかってるよ。でも、もう動けないの。

やがて音もなくガラスが砕け散り、暗い穴に落とされた。暗闇の中で、出口を探すこともなく横たわっている。


静かに目を開けると、うっすらとなにかが見えた。部屋の天井だとすぐにわかった。

「ああ……」

またあの夢を見たんだ。

どろっとした過去は、悪夢になってまで私を苦しめる。もう何度目の再上映だろう。

忘れたいと願うほどに記憶へと刻まれていくようで。

カーテンの隙間から漏れる朝日が今日の天気を教えている。

沼から這いあがるようにベッドから上半身を起こす。これだけでも相当な気合いが必要だ。

壁にかけた時計の針は朝の九時十分を指している。家族のみんなはもう出かけただろう。

ベッドから足をおろすと、砕けたガラスの感触に思わず足をあげる。恐る恐る目をやるとガラスの欠片なんてどこにもない。

――もうずっと、こんな妄想ばかり。

今日は久しぶりに外に出ないといけない。

着替えを済ませ階段をおりると、リビングから物音がした。足を止めるのと同時にドアが開き、洗濯かごを抱えた母が出て来た。

「あら、胡麦。起きてきたの？」

「あ」とか「う」という私の返事を聞くこともなく、母は洗面所へと消えた。

どうしてまだ家にいるの……？

リビングのドアを開けると、キッチンのテーブルで父が経済新聞を熱心に見ている。

妹の紗英はソファに座りスマホに向かって指を忙しく動かしている。いつものスマホゲームに興じているのだろう。

あ……今日は日曜日だった。

ふたりに気づかれないうちにそっとドアを閉める。母がいなくなるのを階段の途中で待ってから洗面所へ。急いで髪を整え日焼け止めを塗る。

私……こんな顔をしていたっけ？

二十四歳とは思えないほど生気のない顔が鏡に映っている。メークをする気力もないけれど、今日は外出しなくてはならない。もたもたと最低限のメークで済ます。

このまま出かけてしまおう。決心は、リビングのドアの前に立つ母に打ち消された。

「胡麦、座りなさい」

そう言うと母は中に戻っていく。

母の言葉はまるで呪文だ。拒否することはできない。

言われるがままリビングに入ると、父はまだ新聞を読んでいた。隣に母が座り、空いている前の席を目線で示されたので緩慢な動きで席につく。

家族が休みの日にはなるべく部屋から出ないことにしていたから、この機会を逃さないようにふたりで示し合わせたのだろう。

「体調はどうなの？」

昔から説教タイムのはじまりは、私を気にするそぶりから。

私の答えを待たないのもいつものこと。質問したそばから母は背筋をスッと伸ばした。

「そろそろ病院へ戻りなさい」

「…………」

言葉が頭を素通りしていった。顔をあげると、ソファで紗英が「ああ、もう」とスマホに文句を言っている。ゲームをあきらめたのか、テレビのリモコンを操作した。

『今日は全国的に梅雨の合間の晴れた空が広がるでしょう。気温は例年よりも高く――』

アナウンサーの声に、いつの間にか梅雨入りしていたことを知った。

そっか……もう六月の下旬なんだ。

あれからどれくらいの時間が過ぎたのだろう……。考えようとするそばから、めまいが生まれる。

「胡麦」

顔をあげると苦い表情を浮かべた母と目が合った。

「傷病休暇を切りあげて復職すれば、評価だって変わるんだから。マイナス評価なのは同じだとしても、戻るなら一日でも早いほうがいいわよ。ね？」

バサッと新聞を鳴らせた父が、母の問いにうなずいた。

「胡麦のせいでほかの看護師に迷惑をかけているんだろ」

「隣の杉山さんから『娘さんの車、ずっと置きっぱなしですけど？』って聞かれたの。何カ月も仕事を休んでるなんてお母さん、言えないわよ」

ふたりの会話の中で、私はいつもわき役だ。主役は世間、隣人、病院。主訴は毎回『胡麦のせいで』というものばかり。普段はろくに話もしないふたりなのに、こういう時だけは協力して家族の名目をふりかざしてくる。

「胡麦だって少しでも早く復帰しなきゃ困るでしょう？」

困るのは私じゃなく母のほうだ。

母の呪文のせいで思ったことが言葉に変換できない。昔からそうだった。呪いの時間が終わるまでじっとテーブルを見つめるだけ。

――この家に私の居場所なんてどこにもないから。

父は離れた町で内科医院を営んでいて、母は元看護師。結婚後は専業主婦をしているけれど、平日はテニスサークルやジムでのトレーニングに精を出している。妹の紗英は、四月から医大の二回生に進級した。

「そもそも、看護師になることを決めたのはあなたなのよ。本当なら医師を目指すべきだったのに、お母さんたちの反対を押し切ってまで……。それなのに、なにをやってるの」

本当になにをやっているのだろう。

病気と診断される前のほうがまだ元気だった気がする。病名につられるように、今ではベッドから起きあがることも難しい日々が続いている。食べられない、眠れない、しゃべれない、起きられない。できないことが増えていく。

「あのね、胡麦」

少し言い過ぎたと思ったのか、感情をため息で逃がした母が声を和らげた。

「私が看護師をしていた影響で、同じ道に進もうと思ってくれたのよね？」

違う。そんな影響、一度だって受けたことはない。

「はじめは大反対したわよ。あなたは医師を目指すとばかり思っていたから」

それも違う。医師を夢見たことなんてない。

「でもなってしまったものは仕方ない、ってお父さんともあきらめていたの。帆心総合病院なら市でひとつしかない総合病院だし、もう三年も勤めてしまっているし」

四月の半ばから休んでいるので、正確には二年しか勤務していない。訂正しようと開きかけた口を、慌ててギュッと結んだ。

母はこれみよがしに大きなため息をついたあと、「それなのに」と続けた。

「仕事を休んで二カ月よ、二カ月。しかも傷病休暇だなんて……」

ねえ、と父とアイコンタクトを交わした母の魔力はさらにアップする。

「お母さんだって看護師だったから、心の病気が大変なのはわかる。でもね、ほかの看護師さんはもっと大変なの。甘えるのもいい加減にしなさい」

昔から母の説教はやさしさと厳しさの緩急が激しい。気づくとコーナーに追いやられ、無抵抗のまま打ちのめされてしまう。

でも……言っていることはわかる。反対を押し切って看護学校に通ったのは私。病気になったのも私。ぜんぶ、私のせいなんだよね……。

「だったら早く戻りなさい。紗英のためにも」

「……紗英の？」

久しぶりに出た言葉はかすれていた。

視線を移すと、紗英が立ちあがったところだった。母の遺伝子を濃く継いだ顔が、似たメガネをかけているせいでますますそっくりになっている。

「あのさあ」と紗英はため息と一緒に言葉を吐いた。

「帆心大学の実習先は当たり前だけど帆心総合病院なわけ。知ってる人から『ああ、病欠してる看護師の妹だ』って言われたらどうすんの。それってかなり恥ずかしいんですけど」

この家は三対一のグループに分かれている。医師の父とそれを支える母、順調にその道を追っている妹。私を攻撃することが三人の生きがいなのかもしれない。

親の言うことに従い、医師を目指していたなら違ったのだろう。看護師になることを告げた日から、私は異端児扱いになった。

「紗英、ごめんね」

「謝るくらいなら迷惑かけないでよ。行ってきます」

大股(おおまた)で出ていく紗英を見送ったあと、母は再度のため息をついた。

「とにかく早く病気を治して復職しなさい。話はそれからよ」

そう言った母が「あら？」と私の服装に目をやった。

「どこかへ出かけるの？」

「……新堂(しんどう)先生がセカンドオピニオンを紹介してくれるの」

「新堂先生か」

名前を聞いたとたんお父さんは嫌そうに顔をしかめる。

「帆心の医師がほかの病院を紹介するなんて、あの人もあいかわらずだな。どうせ無理を言って休日診療のお願いをしたんだろう」

元々、帆心総合病院で長年勤務していた父にとって新堂先生は先輩医師に当たる。が、昔から馬が合わないらしく、名前が出るたびに否定的な意見ばかり言ってくる。

「帆心で勤務している以上、主治医を代えるなんてありえないだろう。セカンドオピニオンにしても、病院側は――」

心の耳を塞(ふさ)げば嫌な言葉は耳に入ってこない。テレビでは今年の最高気温になりそうだと告げている。

どんなに空が晴れたって、私の心はなにも変わらない。

「米沢(よねざわ)家として、これ以上恥ずかしいことはしないでね」

ぬるりとまた母に呪文をかけられ、行ってきますも言えないまま家を出た。

新堂先生との待ち合わせ場所は、近くにあるコンビニの駐車場。この時間なら、日勤の同僚に会う可能性があるので、少し遠回りをして向かう。

まぶしい空にまで攻撃されているみたい。目線を落として足元に集中して歩く。今日が雨なら、カサに隠れて歩けるのにな……。

どうしてこんなふうになったのだろう。疑問と同時に答えがすぐに浮かんだ。

もう何百回とくり返したあの日の出来事が、頭の中で再生をはじめる。

＊　＊　＊

夜勤の申し送りをすれば、もう少しで今日の勤務時間が終わる。

昨夜(ゆうべ)は急変した患者が多く、仮眠を取るどころではなかった。眠気よりもだるさが体を覆っているみたい。

市で唯一の総合病院である帆心総合病院。その歴史は長く、ナースステーションひとつとっても、看護学校で同期だった子に話すと驚かれるほど古くさい。今どき電子カルテの導入もしていない上に、記録も手書きでおこなっている。テーブルの上にはカルテ台と呼ばれるプラスチック製のタワーに、入院患者のカルテが枝のように刺さっている。

「夜勤者の申し送りからお願いします」

日勤リーダーの合図にみんなの視線が集まるのを感じた。夜勤明けの朝は、眠気が薄いヴェールのように体を包みこんでいて頭がうまく働かない。

手元のメモを見て口を開く。

「米沢から報告させていただきます。一号室の村上雄(むらかみゆう)様ですが、朝食時の著変ありません。檀原規広(だんばらのりひろ)様ですが――」

「違う」

看護師長の清水ゆう子さんが切り捨てるように言った。

「村上雄様じゃなくて村上雄二様」

五十代半ばの清水さんは、呼吸器内科だけでなくこの病院のボス的存在だ。

白髪交じりの髪をひとつにまとめ、メークもしっかりしていてアイライナーの濃さが強い性格を象徴している。

新人看護師と研修医は例外なく清水さんを恐れ、同僚の看護師は機嫌を損ねないことだけを念頭に勤務についている。そんな存在。

「申し訳ありません。村上雄二様、著変ありません」

「患者の名前を間違えることがどんな事故を引き起こすか、まだわからないの？」

「申し訳ありません。以後、十分に気をつけます」

どんどん小声になる私をあきらめたのか、

「要くん。続きを報告して」

同じ勤務帯だった府水要さんに声をかけた。気に入ったスタッフだけを名前で呼ぶのは清水さんのスタイルだ。

「一号室、檀原規広様ですが血圧が夕食前１００／60、朝食前98／60と低めですので、服薬調整していただくよう依頼したいと思います」

一年後輩の府水要さんは、大学卒業組なので年齢は同じ二十四歳だ。色黒でがっしりした体型なので、いつも堂々として見える。

まるで私とは真逆だ。

申し送りのあとはヒヤリハット報告書を書く。文字通り、ヒヤリとしたことやハッとした気づきを記す書類だが、綴じているファイルを見ても最近書いているのは私しかいない。

これを書き終わって日勤者のサポートをすれば勤務終了。

ステーションにパソコンは二台あるが、ヒヤリハットのデータは入っていないので手書きするしかない。

「胡麦ちゃん」

ナースステーションに新堂さんが入ってきた。小柄な体型に丸い縁のメガネ。生え際のさみしい白髪頭のせいで、『おじいちゃん先生』と呼ばれている。実際、孫もいるそうだ。

「今日もヒヤリハット報告書を書いてるの？」

「そうなんです。ヒヤリとすることだらけで……」

「いいんじゃない？　君のお父さんだって昔はよく書かされていたし」

完璧主義っぽい父でもそんな時代があったんだ……。意外な一面を知った気がした。

「それにヒヤリハット報告書は重大な事故が起きるのを防ぐ効果がある。胡麦ちゃんが病院を守ってるんだよ」

大げさすぎることを口にする新堂さん。入職以来なにかと声をかけてくれる新堂さんは、この過酷な職場において癒し的存在だ。

「ちょっと、新堂先生」

ナースステーションの外から清水さんが怒った声で言った。

「早く回診していただかないと困ります」

「ああ、すぐ行きますね。胡麦ちゃんまたね」

ひょうひょうと出ていく新堂さんを見送ったあと、清水さんは「ったく」とぼやきながらステーションに入って来た。

「なにが『胡麦ちゃん』よ。あなたも仕事が遅れているんだから、話しかけられてもちゃんと断りなさい」

「はい」

「あなたの代わりに要くんがひとりでヘルプしてるの。無駄口叩(たた)いているヒマがあったら、さっさと手伝って」

「はい。すぐに」

清水さんはいつも私を『あなた』と呼び、『米沢』の姓では呼ばない。昔は父のいた内科で働いたこともあるらしく、入職時にはそのことを話してくれたこともある。いつしか会話は業務上の注意ばかりになっていった。

報告書をファイルに綴じていると、清水さんがカルテ台から一枚のカルテを取り出した。

「五号室の鬼塚公志様、ラシックスワンショットで」

「え？」

清水さんに話しかけられるとすぐに頭が真っ白になる。話の内容よりも逃げ出したい気持ちに駆られてしまう。

「こう言わないと理解できない？　処方されたこのラシックスを点滴の側管からワンショットで入れて、って言ってるの」

「あ、はい」

ちょうど府水さんがステーションに戻ってくるのを見ると、清水さんの表情がかすかに緩んだ。

「要くん、悪いんだけど五号室の鬼塚公志さんにラシックスお願いできる？」

「ワンショットですね」

「そうそう」

唇をゆがめた清水さんが府水さんから私に視線を戻した。笑みは消え、蔑むような視線が突き刺さる。

「あなたもついて行って教えてもらいなさい。あと、三号室の工藤俊さんの吸引までやって帰って。要くん、一緒にお願いね」

そう言うと、清水さんは忙しそうにステーションを出て行った。吸引器の台とカルテを手にした府水さんについていく。

「今から、やること言ってみて」

「あ、はい。五号室の鬼塚公志さんにラシックスをワンショット投与。三号室の工藤俊さんの吸引です」

「早く帰りたいから邪魔だけはしないで」

最近は府水さんのほうが先輩っぽいし、周りもそう思っていることがヒシヒシと伝わってくる。

「胡麦ちゃん、おはようさん」

一号室の入院患者である川瀬(かわせ)友子(ともこ)さんが杖(つえ)をついて歩いてきた。

「おはようございます」

「今日はもうすぐ終わりよね。帰る前に声かけてくれる？　孫の写真を見せたいのよ」

「ありがとうございます。でも、私、お見合いはしませんよ」

やんわり断るのもこれで何回目だろう。川瀬さんは残念そうな顔をしていたけれど、府水さんの視線に気づくといそいそと部屋へ戻っていった。

鬼塚さんのラシックス投与が終わり三号室へ向かった。工藤俊さんは二十九歳。交通事故で入院してきたのが二週間前。肺に損傷が見られるが経過は良好だった。

「おはようございます」

声をかけても工藤さんは目を閉じたまま。人工呼吸器の規則正しい電子音だけが聞こえている。

先週、肺の血管に血栓などが詰まる肺塞栓症を発症して以降、この装置がないと呼吸ができなくなった。これから痰の吸引をおこない、呼吸困難になることを防ぐのだ。

「あ、おはようございます」

工藤さんの妻である実莉さんが花瓶を手に戻って来た。毎日のように見舞いに来る実莉さんは、先週の急変以降ずっと顔色が優れない。

「おはようございます」

頭を下げる私の前に、ずいと府水さんが出た。

「面会時間はまだのはずですが？」

「すみません。出勤前に少しでも顔を見たくて……」

「規則は守っていただかないと困ります。今から吸引をおこないますので廊下へ」

あごで廊下を指す府水さんに、実莉さんはベッドの工藤さんに視線を向けたあと頭を下げて出て行った。

「あんな言い方しなくても……」

思わずそう言う私に、府水さんは冷めた目――いつもの目で私を見た。

「患者や家族と仲良くなる前にやるべきことがあるんじゃない？　早くセットして」

「あ、はい」

吸引器をコンセントにつなぎ、カテーテル部分の消毒をする。その間に府水さんは、工藤さんの喉につけられた人工呼吸器を外そうとしたので「待って」と慌てて止める。

「工藤さん、今から呼吸器を外します。少し苦しくなりますが痰の吸引をしてから——」

——ピーッ　ピーッ！

機械がさわぐ音に私の説明はかき消えた。

「アラーム、異常なし」

府水さんが人工呼吸器の停止ボタンを押してから、右手を私に広げた。

「早くして」

「はい」

カテーテルを渡すと、切開された気管にカテーテルを入れた。十秒以内で吸引をし、人工呼吸器を戻して酸素濃度を測定。痰が取りきれるまで何度かくり返すのだ。

人工呼吸器を停止しないとアラーム音が続くので仕方がないけれど、時間がかかりそうな場合は酸素を途中で供給する必要がある。

回復状態がいいのだろう。自発呼吸も少しできているらしく、酸素濃度はそれほど低下していない。早く回復するといいな、と患者さんの前に立つとつい願ってしまう。

「失礼します」

カーテンの向こうから聞こえる声は、パート職員の一ノ瀬さんだ。

「一号室の村上雄二様のムンテラですが、先生が準備はまだかかって聞いています」

十一時に医師から患者と家族に病状の説明をすることは聞いている。けれど、担当するのは府水さんだったはず。

「村上雄二様ですよね？　あの、それは……」

見ると、吸引を続けながら府水さんが「ああ」と肩をすくめた。

「こっちはひとりでやるから、準備してくれていいよ」

「え……」

戸惑う私に、府水さんは聞こえるように舌打ちをしたので驚く。

「いいから行って。こういう時間が無駄なんだよ」

「はい……」

頭を下げて部屋を出た。

「すみません」とパートの一ノ瀬さんが隣を歩く。

「府水さんに言ったつもりだったんですが……」

「大丈夫です。すぐにやりますね」

ステーションに戻り、カルテを整理する。服薬情報をまとめていると、府水さんが吸引器を押して戻って来たので驚く。

人工呼吸器を使用している患者に吸引を行った場合は、最後に機械を再始動したかの確認が必須（ひっす）なのだ。

「ダブルチェック、行きますね」

「は？　なんで？」

大きな口であくびをする府水さんになにを言っても無駄だろう。

一ノ瀬さんに書類を渡してから三号室へ向かうことにする。府水さんも白衣に両手を突っこんで一応ついていてくれる。

「誰か……！」

震える声が聞こえたのはその時だった。部屋の中から実莉さんが飛び出して来たかと思うと、私たちに向かって叫んだ。

「主人が……！　苦しそうで息ができていないんです！」

「え……！」

慌てて部屋に入ると、工藤さんは真っ青な顔色をしていた。唇が紫色になっているのがわかる。人工呼吸器を見ると――電源が入っていない。

「どいて！」

私を押しのけた府水さんが機械の電源を入れた。すぐに酸素が供給されはじめるが体内の酸素濃度はあがらない。

「くそっ」

焦る府水さんが「先生にコール」と指示を出した。

――そこからは、記憶があいまいだ。

断片的な写真のような映像だけが残っている。

覚えているのは、清水さんと府水さんと三人で院長室へ行ったこと。工藤さんは命に別状はなかったが、呼吸をしていない時間があり脳へのダメージが懸念されること。実莉さんは病院を訴えると言っていること。

府水さんは言った。

「僕が確認すればよかったのですが、米沢さんにまかせてしまいました」

清水さんは府水さんの言葉にうなずき、私に言った。

「とんでもないことをしてくれたわね。あなたは人を救うどころか、殺すところだったのよ」

と。

心のなかでなにかが壊れる音が聞こえた気がした。

＊　＊　＊

「やっぱりそうだったんだね」

運転席の新堂さんがハンドルを右に切った。

「どうりでみんな詳細を隠してるわけだ」

新堂さんの車は丸いフォルムの国産車で、屋根の部分は白色、残りはオレンジ色のメタリックボディ。娘さんのお下がりだと苦笑いしていた。

コンビニまで迎えに来てくれた新堂さんに、あの日になにがあったかを尋ねられ、何度目かの説明をした。

「工藤さんのご容態はいかがですか？」

寝ても覚めてもそのことばかりが気になっていた。もしも意識障害が出てしまったらどうしよう。後遺症が出たならどうお詫びしていいのかわからない。

新堂さんが前を見たまま「ふ」と笑った。

「胡麦ちゃんはやさしいね。自分のことで精いっぱいなのに」

「やさしくなんかないです。私があの時に持ち場を離れなかったらこんなことにならなかったから……」

実莉さんのショックはどれほど大きかったか。交通事故に遭っただけでも大変なことなのに、肺塞栓症まで併発。さらには医療ミスまで……。

「今週は出張ばかりで病院に行けてなくて、工藤さんの今の容態はわからないんだよ。でも、カテーテル治療がうまくいけば、意識が戻ることは期待できる」

「実莉さん……奥様はどうですか？」

「ああ」と新堂さんは肩をすくめた。

「弁護士を雇ったらしいけど、あくまで病院に対しての訴えだから。奥さんと違ってあっち側は示談にしたいみたいだけど。あ、こっち側、と言ったほうが正解か」

患者に寄り添う新堂さんらしい言葉だと思った。

「今は、自分の病気を治すことに専念したほうがいい。元気になることが工藤さん夫婦にとっても救いになるはずだから」

「……はい」

あの日以来、闇のなかを歩いている。死んだように生きている私につけられた病名は『鬱』だった。

ぼんやりと過ごしているうちに一日が終わり、その間もずっと工藤さんのことばかりが頭に浮かぶ。割りこんでくるのは審査会や院長室での調査のこと。厳しい口調で責任追及をされた記憶が拭えない。

「私……逃げたんだと思います。責任を取らなくちゃいけないのはわかっているのに、病気を盾に逃げ出したんです」

「それは違う。あの事故の原因は府水にある。あいつは自己弁護に必死だったけど、一ノ瀬さんの証言や監視カメラの映像で、人工呼吸器の操作ミスをしたのは府水だということは証明されたから」

「でも……」

「そうだね。府水には厳重注意のみ。胡麦ちゃんは昇給カットという処分が下ったわけだから、なすりつけられたのは否めない」

そうじゃない。工藤さんの異変に気づくタイミングは私にだってあった。いくら指示されたからって、持ち場を離れるべきではなかった。

　相手に合わせることばかりしてきた罰が降ったんだ……。

「今日はどこに行くんですか？　セカンドオピニオンって……」

　日曜日にやっている精神科がある病院はこの辺りにはない。新堂さんのことを疑うわけじゃないけれど、すべてが病院側の指示のように思えてしまう。

「家にいてもきっと自分を責めてばかりでしょう？　病状が重くなったら電話にも出られなくなるし、家から出ることもできなくなる。そんなことにならないように、一緒に行きたいカフェがあるんだ」

「カフェ、ですか？　え……病院へ行くんですよね？」

「それはついてからのお楽しみ。県道から入ればすぐに着くんだけど、せっかく晴れたし散歩でもしながら行ってみて」

　そう言って新堂さんが車を停めたのは、雑木林沿いの小道だった。右側にはうっそうと茂る木々が連なり、道の反対側には長年放置されてきたような荒れた田んぼが広がっている。

「ここって市営ビーチの近くですよね？」

　家から車で十分ほど走れば、この町唯一の市営ビーチがある。とはいえ、砂利が粗く岩場も多いし、遊泳可能区域も狭いため人気はない。私も子どもの頃に何度か行ったきりだ。

「カフェはそのビーチの近くにあるんだ」

車から降りるとまぶしい太陽に目がくらんだ。

運転席の窓を開け、新堂さんはすぐそばの雑木林を指さした。

「ぽっかり空いた場所があるからそこから入って。道なりに進んで行けば到着するから」

「え……新堂さんは来てくれないんですか？」

まさかひとりで行かされるとは思っていなかった。驚く私に、新堂さんは安心させるように目じりのシワを深くして笑った。

「僕は県道のほうから入って車を停めなくちゃ。入り口で待ち合わせしよう。わかりやすいから迷子にはならないよ」

――『あなたは人を救うどころか、殺すところだったのよ』

清水さんに言われた言葉が頭でリフレインする。これから先もずっと私を苦しめるのだろう。

「じゃああとでね」

なにも言えないまま車は走り去っていく。

いつもこうだ。言いたいことを口にできないから、大きなミスを起こしてしまった。

でも、もしもあの日に戻れたとしても、同じようなミスをくり返すのは目に見えている。

私は……看護師に向いていない。

「ああ……」

ため息をつき、重い足を引きずるように歩き出す。

新堂さんの言った通り、雑木林が途切れた場所があった。不思議の国のアリスが白ウサギを追いかけるシーンが頭に浮かんだ。

カフェなんてとても行く気にはなれない。人のいるところ、音のする場所が怖くてたまらない。だけど、ここから歩いて帰るには遠すぎる。

帰るってどこへ？　家にも病院にも私の居場所なんてないのに。

……とにかく行ってみるしかない。

足を踏み入れると、林道がくねくねと続いている。両側に並んでいる松の木のアーチをくぐるように歩くが、出っ張った根のせいで道はでこぼこだ。昼間なのに薄暗い景色は今にも熊に出くわしそうなほどうっそうとしている。

足元の土が歩くほどに砂まじりに変わっていく。右へ左へと曲がりながら進むと、ふいになにかの音が聞こえた。

これは……波の音だ。久しぶりに聞く波の音が耳に心地いい。少しでも音に近づこうと歩いていくと、松林が突然途切れた。

明るい日射しが世界を一気に照らし、目の前には小さな砂浜、先には琉球ガラスのような海が広がっている。海は青い空と同じ色でつながっていて、思わず息をするのも忘れていた。

左側にむき出しのコンクリートで守られた正方形の建物が現れた。文字通り、突然出現したような建物は、一階部分はオープンテラスになっているようだ。二階部分には見たこともないほど大きなガラス窓が見え、青空に浮かぶ雲が映っている。

まるで違う世界に来たみたい。同じ町にこんな場所があるなんて知らなかった。

砂に足を取られながら近づくと、新堂さんが向こう側からやってくるのが見えた。建物の東側が駐車場になっているのだろう。

「なかなかいい景色だったでしょう？」

「あ、はい」

オープンテラスにはテーブルが二台置かれているけれど、客の姿はなかった。看板を探すけれど、あるのは新堂さんが立つガラス戸の横の壁に小さく彫られている『ＳＥＳＴＡ』の文字だけ。

「セスタ、ですか？」

「そう、セスタ。ちょうど開店時間だから入ろうか」

ガラス戸を押して新堂さんがなかに入ったので遅れないようについていく。

店内は四人掛けのテーブルが十台程あり、バーカウンターが奥に設置されている。目を引くのは、中央に置かれたグランドピアノ。食事をしながらピアノを聞けるなんてステキだと思うけれど、そのぶん料金も高そうなイメージ。

内装もコンクリートの打ちっぱなしでシンプルなものだった。

奥から線の細い女性が出て来た。緑色のエプロンをつけた女性が「いらっしゃ――」と言いかけてから、パンと手をひとつ打った。

「新堂さん！　お久しぶりですう」

アニメ声で叫ぶと、うれしそうに駆けてくる。

「紀実ちゃん、こんにちは。最近会えてなかったね」

「私はいつもいましたよ。新堂さんが来なかったんじゃないですか」

「ちょっと忙しくてね。たまに来ようと思ったら定休日と重なってしまって」

「ずっと待ってたんだからね。あ、こんにちは」

紀実と呼ばれた女性が私に挨拶をした。人懐っこい笑みにたじろぎながら頭を下げた。

「こ、こんにちは」

髪をうしろでひとつに結んでいる彼女は、二十歳くらいに見える。白い肌に頬のチークを主張するメークがよく似合っている。身長は私より低く、体型も折れそうなほどスリムでうらやましい。

「私は、紀実です」

そして、なによりも声がかわいすぎる。

圧倒されっぱなしじゃいけない。私も自己紹介をしないと。

「米沢……胡麦です」

「え、かわいい。こむぎちゃんって小麦粉みたいでいい名前だねー」

「いえ、あの小麦ではなく、古いに月と書く……」

「でも音だけ聞くとパンが思い浮かぶもん。いいなぁ、私も胡麦ちゃんみたいな名前をつけてほしかったよ〜」

正直、苦手なタイプだと思った。心に余裕のない今、距離感を測れない人にはどうしても警戒してしまう。きっと悪い子じゃないのだろうけれど……。

紀実さんは窓側の席へ案内すると、待ちきれないようにメニューを私たちの前に置いた。A４の紙に印刷されたメニューは一枚だけ。

【本日のL】【本日のM】【本日のH】とだけ書いてある。値段はどれも一二〇〇円らしい。

顔をあげると紀実さんがうれしそうに笑った。

「ランチメニューは一種類のみです。Lはライト、つまり軽めの分量です。Mがミディアム、Hがヘビー、これは大盛りのことです。食後にコーヒーか紅茶がつきます」

紀実さんの声はかわいらしいだけじゃなく、するんと頭に入ってきた。うなずく私から新堂さんに顔を向けた紀実さんが、「でね」と急にくだけた口調に戻った。

「今日のランチは、新堂さんの大好物なんだよ」

「ほふっ」

聞いたことのない声をあげた新堂さんに驚いてしまう。満足そうにうなずいた紀実さんが、すうと息を吸った。

「本日のランチは、カルネ・デ・ポルコ……ポルコ・ア・アレン……ああ、言いにくい！　もう一度、カルネ・デ・ポルコ・ア・アレンテジャーナです。あさりや豚肉、野菜を白ワインで蒸したアレンテージョ地方の家庭料理です」

　ぽかんとする私に、新堂さんがテーブルに両肘（りょうひじ）を乗せて顔を近づけた。

「ポルトガル料理だよ。かむほどに味が広がって僕の大好物なんだけど、スタッフには不評なんだよね？」

「だって言いにくいもん。名前を『あさりと豚肉のワイン蒸し』にしたほうがいいと思うんだけどな。あ、でも、味は最高なんです。もちろんドリンクやデザートのみのメニューもお選びいただけます」

　テーブルの奥に細長いファイルが立ててある。黒い表紙をめくるとコーヒーから紅茶、ノンアルコールカクテルなどがずらりと表示されている。

　どうしよう。最近はあまり食事も摂（と）れていないし、食べられる自信もない。悩んでいるうちに新堂さんは「Hで」と大盛りをオーダーしていた。

「紀実ちゃんもまかないが楽しみ、って顔してるね」

「当たり前。大盛り必須（ひっす）なんだよ。あ、いけない。言葉遣いが悪いって注意されまくりだから気をつけないと。――当たり前ですわ」

「はは。僕はそのままでいいと思うけどね」

「でしょー。私もこういうほうが親しみやすくていいと思うんだけど、教育係の健太くんがうるさくってさぁ」

にこやかなふたりの会話を聞きながら、どんどん気持ちが重くなるのがわかる。

職場の休憩中も話の輪に入れないことが多かった。私のわからない話で盛りあがる人たちに愛想笑いをしていたのは遠い昔。最近はスマホに逃げたり、トイレにこもって時間をやり過ごしていた。

紀実さんがオーダー票を構えて私を見ている。

飲み物だけにしたら、ふたりはどう思うのだろうか。でも、出されたものを食べられないほうが失礼だろうし……。

迷いながら中央に鎮座するグランドピアノに目を移した。黙っていても存在感のあるピアノにまで嫉妬してしまいそう。

その時だった。カウンター奥にある両開きの扉が開き、緑色のエプロンをつけた若い男性が姿を現した。短い髪にがっちりした体、鋭い目が印象的だ。

彼は大股で私たちのテーブルに来ると、ギロリと私を見た。いや、にらんだように思えたけれど視線の先は紀実さんに向いている。

「げ、健太くん」

紀実さんが気まずそうな顔をした刹那、健太さんが口を開いた。

「あんた聞こえてたわよ」

想像以上に高い声と、話し方に無意識に体がビクッと反応してしまった。その間に健太さんは両手を腰に当てた。

「お客様とタメ口はやめなさいって、前から言ってるじゃないの。こちらのお客様なんて初めて来られたんですよね？　失礼いたしました。あたしからもきつく叱っておきますので」

「あ……」

かすれた声がひとつ出ただけ。あまりにも驚きすぎてだらしなく口が開いてしまう。

今、『あたし』って言った……？

「メニューについてのご説明は大丈夫でしょうか？　ミディアムでいいかしら？」

「あ、はい……」

「食後はコーヒーか紅茶がつきます。新堂先生はコーヒーでいいですか？　あなたはどうなさる？」

流ちょうな言葉に唖然としながらもなんとか「同じで」と答えると、健太さんはマダムのように上品にほほ笑んだ。

「かしこまりました。ようこそ、SESTAへ。ごゆっくりおくつろぎくださいね」

美しい仕草でメニューを回収すると、ほほ笑みを残して去っていく。うしろ向きだと、その体がいかに鍛えあげられているかがわかる。

「ほら、紀実。鈴木シェフにオーダー通しなさいよ」

「わかってるよ。健太くんはせっかちすぎなの」

「あんたがのんびりしすぎなのよ」

痴話げんかをしながら戻っていく。口が開きっぱなしなことに気づいて、慌ててキュッと閉じる。

「ふふ」笑い声に我に返ると、新堂さんが目じりの涙を拭（ぬぐ）っていた。

「その反応が見たかったんだよ。ここのスタッフってみんなおもしろいよね」

カウンターの前でふたりはまだ言い合っている。

「おもしろいというか……個性的ですね」

「ここの料理はポルトガル料理が中心なんだけど、和食や洋食もあるしデザートも充実しているんだよ」

新堂さんにつられるようにガラスの向こうに目をやる。白い砂浜の向こうに広がる海は、まるでビーチリゾートにでも来たような風景だ。ガラス越しのせいで、大きなモニターを眺めている気分になる。こんな非現実な場所があったなんて今まで知らなかった。

「市営ビーチはすぐそばにあるんですよね？」

「市営ビーチとの間に岩場があるから、お互いのことは見えないんだよ。ここは知る人ぞ知るカフェ。まさしく穴場ってところかな」

「ぜんぜん知りませんでした」

美しい景色を見て気持ちが軽くなったかと聞かれても、答えはＮＯだ。鉛のように重い気持ちはなにも変わらない。

その時ふと、この景色に見覚えがある気がした。忘れていた、ううん、忘れようとしていた記憶に重なるような——。

「ぬ」

そのひとことに思い出をたどる旅は中断された。

見ると新堂さんがテーブルの下を見てニコニコしている。

「ぬおん」

上半身を傾けると、新堂さんの足元にキャラメル色の猫がちょこんと座っていた。てっきり新堂さんが言ったのかと思ってしまった。新堂さんの手に頭をゴシゴシと押しつけて喉(のど)を鳴らしている。

「ガート、久しぶりだね」

名前はガートというらしい。美しい猫だと思った。窓からの光を浴びた毛並みがミルクティー色に輝き、丸い目はかわいいだけでなく凛(りん)とした気品のようなものを感じる。黒い首輪がその上品さを引き立てている。

「猫って男の子のほうが甘えん坊なんだよ」

「そうなんですか……」

目を奪われていると、ふいにガートが私を見た。

が、次の瞬間ガートは「シャー!」と全身の毛を逆立てたかと思うと店内を突っ切り、二階へ続く階段を駆けあがって行ってしまった。

「ガートは甘えん坊なんだけど人見知りがすごくてね。僕も初めてきた時はあんな感じだったから気にしないで」

私のショックを和らげるように言ってくれる。新堂さんは仕事中でもそうだった。新人の頃、なにもわからない私に気さくに声をかけて教えてくれた。師長である清水さんには『看護師をちゃんづけで呼ばないでください』と怒られていたっけ。

ズキンと胸が音を立てた。職場のことを考えるたびに苦しくなり息がうまく吸えなくなる。まるで海のなかで溺(おぼ)れているみたい。私以外の人は地上で忙しくも楽しい時間を過ごしている。そんな気分。

砂浜に目を移すと、一組のカップルがはしゃぎながら店に向かってきている。あんなふうに笑えたのはいつのことだろう。思い出せないほど遠い話なのは自分でもわかっている。

常連さんらしく、入店と同時に女性のほうが紀実さんと親しげに会話をしている。続いて駐車場に車が二台入ってきた。どうやらここは人気店のようだ。

厨房(ちゅうぼう)から紀実さんが両手にトレーを載せて出て来た。

「お待たせしました。本日のランチ、カルネ・デ・ポルコ・ア・アレンテジャーナです。熱いのでお気をつけください」

今度はつっかえることなく流ちょうに言い、私の前にトレーを置いた。

深さのある白皿に豚肉とあさり、ひと口大のジャガイモが盛りつけられている。湯気からニンニクと同じくらいさわやかな香りがする。

「ニンニクとコリアンダーがよく合う料理なんです」

ほほ笑みながら、紀実さんが新堂さんの前にトレーを置く。コリアンダーは別名パクチーといい、あまり得意ではない食材だ。が、料理に緑の葉は載っておらずパクチーの香りもあまりしない。

私の反応に紀実さんは「そうなんです」と、先回りして答えた。

「通常こちらの料理にはコリアンダーの葉を使うのですが、当店ではコリアンダーシードと呼ばれる種の部分をスパイスとして使用しています」

柑橘(かんきつ)系の爽(さわ)やかな香りがそうなのだろう。

「ほかにもポルトガル料理の特徴として忘れてならないのは、肉と魚介を一緒に料理することです。パンはとうもろこしで作られていて、ブロアと呼ばれています」

ほかの客の前ということもあり、紀実さんは一流ウエイターのふるまいをして下がっていった。

「これがうまいんだ。ブロアをソースに浸すのもおすすめだよ」

「あ、はい。いただきます」

フォークであさりを口に運ぶと、想像以上のプリッとした嚙(か)み応(ごた)えだ。あさりの出汁(だし)と白ワインとニンニクがよく合っている。豚肉にも海鮮のうまみが染みていて、これまで食べたどの料理とも似ていない。

パンはひび割れた外側の硬さが嘘みたいに、なかはボロッと崩れそうなほどもろい。が、とうもろこしの味がかみしめるほどに口のなかに広がっていく。

「……美味しいです」

「味つけがいいでしょう。パプリカペーストという調味料を使っているんだって。輸入食品店で見つけて買って帰ったんだけど、息子の嫁から『私は使い方がわかりませんから』って冷たく言われちゃってね」

とほほ、としょげる新堂さん。皿のなかはもう半分も残っていない。

「新堂さんは息子さん夫婦とお暮らしなんですよね。お孫さんはおいくつでしたか？」

「五歳と二歳、ともに男の子。毎日、いろんな声が飛び交っててにぎやかだよ」

そう言ったあと、新堂さんはさみしげにひとつ息を吐いた。

「妻が生きてたらもっとよかったんだけどね」

新堂さんの奥さんが五年前に亡くなったことは、同僚から聞いていた。最後は帆心総合病院で看取ったそうだ。

「定年退職したら世界一周旅行に行く、って何十年も前に約束させられててね。まあ、息子から二世帯住宅のローンを半分押しつけられたせいで、定年になっても働き続けなくちゃいけないんだけどね」

自嘲気味に笑う新堂さんに、余計なことを聞いた気分になる。いつもそうだ。誰かのフォローをするための言葉を私は持っていない。

新堂さんは気にすることなく最後のパンをほおばると、満足そうにうなずいた。

「胡麦ちゃんも食欲が戻ったようだね」

「ありがとうございます。不思議と箸が……フォークが止まりませんでした」

店内はほとんどの席が埋まっているけれど、時折小さな笑い声が聞こえるくらいで、客は皆、ここの雰囲気と料理に魅了されているようだ。

「ピアノの演奏は夜ですか？」

「ピアノ？」

きょとんとした新堂さんが「ああ」と初めてその存在を思い出したように顔を向けた。

「そう言えばピアノがあったね。あれは店主の私物でね、弾いているのは見たことがないよ」

インテリアとして置いているのだろう。でも、あのスペースがあれば客席をもっと増やせそうなのに。

「今、もっと席が増やせそう、って思ったでしょう？」

そっこうで指摘されてしまい、思わず笑ってしまう。

「正直に言うと、思ってました。きっと空間の演出のために置いてあるのですね」

新堂さんが丸メガネ越しの目を細めた。

「胡麦ちゃんの笑顔が見られてよかったよ」

「これが新堂さんの言っていたセカンドオピニオンなんですね」

落ち着いた空間で異国の料理を食べることで心に栄養を与える。たしかに来る前より元気になっている気がした。

が、新堂さんは目を丸くしたあと、「いやいや」と右手を顔の前で横にふった。

「それはこれからだよ。——すみません」

ふった手をそのまま垂直にあげると、健太さんがスッと近づいてきた。

「はい。食後のドリンクをお持ちしますか？」

低くて厚みのある声は、さっきとはまるで違う。ある意味プロだな、と思った。

「胡麦ちゃんだけ二階でお願いします」

新堂さんがそう言うと、健太さんは「あらっ」と高い声をあげてから、わざとらしく咳払い(せきばら)をした。

「失礼しました。ご予約をいただいた米沢胡麦様ですね」

どうして私のフルネームを知っているのだろう。疑問に思っている間に健太さんが新堂さんの耳元に顔を近づけた。

「今回は新堂ちゃんだから特別に予約をねじこんだのよ。次回は早めに予約してくださいね」

「ごめんごめん。次回は気をつけるよ」

予約ってなんのことだろう。会話についていけず、交互に顔を見ていると健太さんが私の椅子の背に手を置いた。

「それでは二階へご案内します」

再びの低い声で椅子を引かれ立ちあがる。

「店主の唐麻くんが二階にいるはず。胡麦ちゃんのセカンドオピニオンだよ」

新堂さんの言うその名に聞き覚えはない。

「え、ここで……？　だってここはカフェですよね？」

「一階部分はね。二階は自費診療でカウンセリングを行っている。今日は唐麻くんに会ってほしくて連れて来たんだ」

そう言われても心の準備ができていない。うつむく私に、新堂さんは「大丈夫」とニッコリ笑った。

「ただ二階で話をすればいいだけだから。きっと心にも栄養をもらえるよ」

「……栄養」

空になった皿を見つめる。たしかにこんなに美味しい料理を出すカフェの店主なら、心の空腹も満たしてくれるかもしれない。

「ねえ」と、急に耳元で健太さんがささやいたからビクッと体が震えてしまった。

「取って喰ったりしないからそんな驚かないでよ。今、昼のピークで忙しいんだから早くついてきて」

「あ、はい」

大股の健太さんについてバーカウンターの前を右に曲がる。壁ぞいに二階へあがる階段が現れた。階段の前にスチール製の立て看板が置かれてあり、『CLOSED』と書いてある。

重そうな看板を片手でひょいと除けると、健太さんは右手の指を揃えて階段の上へと向けた。

「二階で店主が待っております。ごゆっくりどうぞ」

丁寧に礼をした健太さんに、同じようにお辞儀を返してから階段に足をかける。

コンクリートの壁沿いに設置されている階段は、数段あがるだけで店内が見渡せた。

新堂さんは窓からの景色を眺め、テーブルにつく客も料理を味わったり景色を楽しんだりしている。バーカウンターにはおひとり様客が二名座っている。

それ以外にも、ほかのカフェとは決定的に違う部分があるように思えた。それがなにかわからないうちに二階へ到着していた。

「わあ……」

一階と違い二階部分は白色に覆われていた。壁も床も天井までもが真っ白で、まるで宙に浮いているみたい。窓は全面がガラスで覆われていて、砂浜と海、そして目の高さで空が広がっている。

二階はいくつかの部屋があるらしく、一階の中央部分あたりに白い壁と奥に通じるスライドドアがあった。壁沿いには白い収納棚が並んでいて、手前には独立したアイランドキッチンが設置されている。

ガラスの前に一組のソファセットが置かれていた。手前がふたりがけ、ローテーブルを挟んだ向かい側はひとりがけ用のもので、こちらも白色で統一されている。

その時になってやっと、ひとりがけのソファに男性が座っていることに気がついた。

部屋に溶けこむような白いシャツに白いパンツ、茶色の革靴がやけに目立っている。長い足を組む男性は、顔をガラスのほうに向け景色を眺めている。風もないのにやわらかそうな栗色の髪が揺れているように見えた。鼻は高く、唇には涼しげな笑みを小さく添えている。

けれど、その瞳(ひとみ)に悲しみが浮かんでいる気がした。

昼の光を浴びる男性はまるで一枚の絵のよう。凛(りん)とした美しさに、私はただただ動けずにいた。

ああ、やっとわかった。このカフェがほかと違うのは、音楽が流れていないことだ。一階から漏れてくるささやく声がBGMのように耳に届いている。

すう、と息を吸って、静かに吐いてから口を開く。

「すみません」

男性が、ゆっくりとした動きで顔を私に向けた。正面から見ると、さっきよりも若い印象。年齢は三十代前半くらいだろうか……。

「私……米沢胡麦と申します」

最後のほうは小声になってしまう。

「はい」

第一声は丸くてやわらかい声。音もなくスムーズな動きで立ちあがる男性は、想像以上に背が高かった。

「ご予約の方ですね。僕は唐麻と申します。どうぞおかけください」

手のひらで向かい側のソファを指す唐麻さんに、一礼してから腰をおろす。白い革張りのソファは、適度な弾力感があって座りやすかった。

「あの、私……」

「新堂先生のご紹介ですよね。きっと詳しく説明されないまま連れてこられたのですね。あの先生ならやりそうなことです」

少年のようにいたずらっぽい目をする唐麻さん。

「新堂さん……新堂先生とお知り合いなのですか？」

「僕の先輩先生でした。診療科目は違いますが帆心総合病院で勤務していた時から、なにかとよくしてもらいました」

「……そうですか」

唐麻さんは精神科医なのだろう。だとすると、今の主治医とも連絡を取っているのかもしれない。私が帆心総合病院で勤務していたことも知っているのかな……。

唐麻さんと深く話せば、清水さんや府水さんにまで話が伝わってしまうのでは……。

ううん、個人情報保護の観点からそれはないか。

「ご安心ください。三年前に帆心は退職していますから。親交があるのは新堂先生だけですよ」

私の思案を汲み取るような発言に思わず顔をあげていた。

「そう、ですか……」

さっきから同じことばかり口にしている。まっすぐに見つめる唐麻さんに、なにもかも見透かされているような気がしてしまう。

「食後はコーヒーをオーダーされましたよね？」

「え？」

見ると、ローテーブルの上に白い箱が置かれてあった。唐麻さんが蓋を開けると、コーヒーカップセットがふたつと、ハンドル式のミル、ソーサーなどが整頓されて入っている。

それらを丁寧にローテーブルの上に置いたあと、唐麻さんは背もたれに体を預けた。

「ここはセスタという名のカフェです。ご希望のある方のみ、ここでカウンセリングをさせてもらっております。保険は使えないので自費診療となり、名前もカウンセリングではなくポボアードと呼んでいます」

「ポボアード……」

「ポルトガル語なんです。とはいえ、カウンセリングの翻訳ではないのですが」

照れくさそうに笑う唐麻さん。いつの間にかスカートを握りしめていたことに気づき、そっと手を離す。

「胡麦さんが今思っていることをなんでも話してください。詳しく話したくなければイメージでもいいし、時系列も気にしなくていいです。僕に話をするというより、自分自身に話してあげてください」

そんなことを言われてもなにから話をしていいのかわからない。しばらくの沈黙をも楽しむように唐麻さんは笑みを浮かべている。

「私……」

口にしたあとの言葉が続かない。なにから話をすればいいのだろう。

「……看護師をしています。三年目です」

勇気を出して顔をあげると、唐麻さんはミルを大事そうに触っていた。鉄製のミルは、豆を挽くためのハンドルがついていて、下部には挽いた豆を取り出すための木製の引き出しがついている。白色の部屋でひときわ存在感を放っている。

「僕のことは気にしないで続けてください」

「……今、傷病休暇をいただいています。気がついたら仕事に行けなくなっていました。寝ても起きても同じだるさがまとわりついている感じで……つらいんです」

そう、私はつらいんだ。この暗闇から抜け出すための力がなく、最近では抜け出したいという気力すら消えてしまった。

「父が医師をしています。妹も目指していて、でも私は看護師で……。だけど、看護師になったことは後悔していなくて、なのに仕事ができなくて。師長の言うこともわかるし、期待に応えたい気持ちはあっても失敗ばかりで……」

ああ、説明すらうまくできない。こんな状態になっても尚、誰かに理解してもらうための言葉さえ選べないなんて……。

私……こんなところでなにをしているのだろう。

初めて会った先生に理解してもらうことなんてできない。いや……違う。帆心総合病院の先生にだって、実情については言えないままだ。

「結局、誰にもわかってもらえないんです」

悔しさが唇を強く噛ませる。母の言うように傷病休暇を切りあげて復職すれば、なにかが変わるのだろうか。でも、そんな勇気もない。

「胡麦さんは、どうして看護師になりたいと思ったのですか？」

ふいに唐麻さんが尋ねた。

「え……」

「ご両親の反対を押し切って看護師を目指すには、相応の動機があるのではないでしょうか？」

唐麻さんは席を立ち、キッチンへ歩いていく。

看護師を目指した理由はたったひとつ。けれど、誰に言っても理解されないだろう。

背筋を伸ばし、何度もくり返したあとづけの動機を口から吐く。

「病気と向き合う人の手助けをしたかったからです。治療というアプローチではなく、より近い距離で精神的なサポートをしたい。そう思ったからです」

親にも看護学校の面接でも同じように答えた。嘘ではないし、これも動機のひとつだ。

唐麻さんは奥の棚を物色しながら、「そうですか」とだけ答え、透明の丸い筒を手に戻って来た。なかにはコーヒー豆が入っている。

ソファに腰をおろすと、

「そうですか？」

さっきの言葉を疑問形に変化させた。

「胡麦さんが看護師を目指したのは、本当にその動機だけでしょうか？」

「……え？」

「それは……」

「僕には知る由もないけれど、それだけが理由じゃない気がしました」

あごに手を当てた唐麻さんになにも答えられない。

唐麻さんはパコンと音を立て、筒の蓋を取った。プラスチックのスプーンでコーヒー豆を掬(すく)いミルへ入れていく。

どうして唐麻さんには別の動機があることがわかるのだろう。誰にも言ったことがないし、言っても理解されないと思ってきたのに。

「ふ」と、唐麻さんが急に笑みを浮かべた。

「すみません。急ぎすぎてしまったようです」

周りの空気がふいに和らいだ気がした。唐麻さんが目の前にミルを差し出してきた。

「それではミルを回しながら、職場でのことを教えてもらえますか？」

「職場……。あの、どういうことを？」

「思ったままでいいんだよ」

少しくだけた口調になった唐麻さんの目はやさしい。

テーブルに置いたミルの取っ手を握る。回そうとしても動いてくれない。

「最初は力が要ります」

「はい」

グッと力を入れると、ガリガリという音とともにハンドルが動いた。同時に豆の香ばしい香りが鼻腔をくすぐった。

「病院では失敗ばかりでした。看護師長や先輩、同僚にまで迷惑をかけて、なにを言われても仕方ないんです。理想とする看護師像からどんどん遠ざかっている気がしていました」

今ごろ、病棟では昼休憩を回している時間だろう。職場のことを考えるだけで胸が苦しくなる。

「手を動かしながらどうぞ」

唐麻さんの声にハッと我に返る。ハンドルを回すとさっきよりも抵抗なく豆が砕けていく。

あの日、バラバラになった心にどこか似ている。

「休むことになる前に大きな医療事故を起こしてしまいました。機械の操作を誤り、患者様を窒息させてしまうところでした。患者様には申し訳ない気持ちでいっぱいです。一日でも早く看護師に復帰したいと思っています」

唐麻さんが手のひらをこちらへ向けた。美しい指だと、こんな時なのに思った。

ミルを自分のもとへ引き寄せると、唐麻さんは引き出しごと取り出した。一気に豆の香りが辺りに広がった。

「どうぞ、続けてください」

「……事故を防げたはずなのに、ちゃんと伝えるべきだったのに、最後まで見守るつもりだったのに。たくさんの『なのに』で今も押しつぶされそうです」

工藤さんの経過についてはまだ不明瞭なまま。

もしも脳の損傷が大きかったとしたら、私は取り返しのつかないことをしたことになる。ううん、そうじゃなくても一度してしまったミスはなかったことにはできない。

唐麻さんがキッチンから湯気の湧き出たポットを持ってきた。コーヒー豆を取りに行った時に沸かしていたのだろう。

透明のサーバーの上に白い陶器でできたドリッパーを置く。フィルターを一枚取り出して開くと、ドリッパーにセットした。粉になったコーヒー豆を入れ、軽くドリッパーを揺らして均す。一連の流れは慣れている人にしかできないこと。

「お湯は92度くらいが適温です。本来ならカップも温めますが省略させていただきます」

そう言ったあと首をかしげる唐麻さん。話の続きを促しているのだろう。

「両親は看護師に早く復帰しろ、と言います。私も、少しでも罪を償えるならと思っていました。それなのに、日に日に気持ちが重くなっていくんです。自分がこうなることでもっとみんなに迷惑がかかるとわかっているのに……」

不思議と、唐麻さんに聞いてほしいことが次から次へとあふれている。話したい気持ちが抑えきれない。

あの事故が起きた日以来、ずっと涙をこらえてきた。私よりも泣きたいのは工藤さんのほうだ。実莉さんだ。清水さんだ。親も、病院も――。

私には泣く資格なんてない。それなのに……。

「看護師に向いているかどうかはわかりません。だけど、早く元気になって仕事に戻りたいんです。唐麻先生、どうしたらいいのでしょうか?」

あ、と思った時には涙が頬にこぼれていた。スカートのポケットからハンカチを取り出して涙を拭う。けれど、一度あふれた涙はあとからあとから流れてしまう。

歯を喰いしばって耐えていると、唐麻さんはポットのお湯をフィルターに少し注いで止めた。

しばらくじっとフィルターを見つめてから、今度は円を描くようにお湯をゆっくりと注いでいく。再び時間を置いてから再度お湯を注ぐ。

続ける言葉がもう見つからない。涙を止めている間に、唐麻さんはサーバーのコーヒーをふたつのカップに注ぎ、ひとつを私の前に置いた。

白いカップに闇夜のトンネルのようなコーヒーが揺れている。唐麻さんはひと口飲むと満足そうにうなずいた。

「いただきます」

口に運ぶ前から、芳醇な香りがすでに美味しいと感じてしまう。飲んでみると、軽い苦さの奥にどこかフルーツのような爽やかさがある。

丁寧に淹れられたコーヒーは、心を落ち着かせる効果があるのだろうか。さっきまでの悲愴感も一緒に呑みこんでしまった気分になる。

「美味しいです」

語彙力のなさを呪いながら口にすると、唐麻さんは目を細めた。

「胡麦さんが挽いた豆で淹れましたから。手挽きの豆にはその人自身が表れると僕は思っています。ここで話をするたびに味も変わっていくでしょう」

だとしたら、このコーヒーは悲しい味なのかもしれない。

カップを置いた唐麻さんが、「さて」と太ももの上で両手の指を絡めた。

「胡麦さんは『エレファントルーム』という言葉を知っていますか？」

「エレファント……象の部屋、ということですか？」

猫のガートが少し離れた位置で私をじっと観察していた。さっきの威嚇を思い出しスッと目を逸らせた。

「英語で言うと、The elephant in the room で、部屋のなかに象がいるという意味です。想像してみてください。どんな豪邸でも、部屋のなかに象がいたらビックリするよね」

「はい」

唐麻さんの話の意図がわからずあいまいにうなずく。

「誰もが問題を認識しているのに気づかないフリをする、ということわざです。胡麦さんの職場では、あなたを含めた誰もが問題に気づかないフリをしているのでは？」

グッと胸に圧迫感が生まれ、思わずカップを持つ手が震えた。

「大きな組織のなかで地位のある人に対し誰も意見が言えない。言ったって変わらない、とあきらめていく。逆に責められやすい人は徹底的に責められ、責任をなすりつけられる。残念ですが帆心総合病院もそうなのでしょう」

ポンポンと唐麻さんが太ももを叩くと、ガートがするりと飛び乗った。視線を唐麻さんに戻すと、やっぱり瞳に悲しみが揺れている気がした。

「胡麦さんにも失敗やミスはあった。ただ、今回の医療事故においては胡麦さんよりも府水看護師のほうが責任は重大だと思う。それなのに、胡麦さんが代表して責任を取る形で終結している。誰もがおかしいと思っていても病院側の決定になにも言えずにいる。まさしくエレファントルームであり――」

「待ってください！」

思わず立ちあがっていた。

「どうして唐麻さん……唐麻先生が知っているんですか？」

部外秘のことをこんなに詳しく知っているなんてありえない。無意識に自分の両手で肩を抱いていた。

「まさか……新堂さんが？」

口にした瞬間にすぐに違う、と思った。新堂さんはそんな軽はずみに話すような人じゃない。

だとしたら誰が……。

ガートが牙（きば）を剝（む）いて威嚇してきたので、おずおずとソファに座った。同じような目をこれまで何度も向けられてきた。言いたいことを言ってしまったら、きっと全力で攻撃される。そう思って口を閉じてきた。それなのに、それなのに……。

お腹に生まれたモヤモヤがまた涙に変わり頰を伝っている。

「これは、ご家族様の許可をもらった上でお伝えすることです」

前置きをしてから唐麻さんは続けた。

「工藤俊さんの容態は改善され、意識も戻り自発呼吸もできるようになったそうです」

「え……」

「脳への損傷もなく、ご家族は病院への告訴もしないことに決められました」

頭のなかが真っ白になっていく。気づけば私は両手を祈るように握り締めていた。

「工藤さん……ご無事なんですね」

さっきとは違う涙があふれてくる。よかった。工藤さんが無事で本当によかった……。

嗚咽を漏らしながら、「あの」となんとか口にすると、唐麻さんはなにを聞かれるのかわかっているようにうなずいた。

「工藤実莉さんです。患者様の奥様がここにポボアードをしに来られたのです」

「え……」

「あなたが休んでいることを知り、彼女は何度も病院に掛け合った。人工呼吸器の操作をしていたのが府水看護師だと証言もしたようですが、処分は変わらなかったそうです」

毎日のように病院に来ていた実莉さんを思い出す。悲しみをこらえて、意識のない工藤さんを笑顔で励ましていた。

「いつかあなたがここに来る日があれば、伝えてほしいとおっしゃっていました。ただ、実莉さんは『あんな腐った病院にいるより違う病院に転職したほうがいい』と息巻いておられましたが」

苦笑する唐麻さんに、何度もうなずいた。実莉さんもポボアードを受けていたんだ……

…。

暗闇に一本の光が差すのを私はたしかに感じた。

「よかったです。今日、ここで唐麻さんとお話ができて本当によかったです」

洟を啜りながら伝えると、唐麻さんは「でも」と鼻の頭を掻いた。

「僕としてはまだ復職を勧めることはできない。ひとつの問題が解決しても、根本的な解決にはなっていないから。それに、胡麦さんは僕に嘘をついてるよね？」

「嘘……ですか？」

看護師を目指した動機はごまかしたけれど、嘘をついたわけじゃない。ごまかすことが嘘だとすれば仕方ないけれど……。

「早く元気になって仕事に戻りたい、と言ってたけれど、それは本心ですか？」

「あ……」

まるで拳銃で撃たれたような痛みに思わず顔を伏せてしまった。これじゃあ嘘をついたと認めるようなものだ。

「……本心かどうかと聞かれたら、正直わかりません。復職することで、少しでも迷惑をかけないようにしたいんです」

「嘘だ」

言い捨てるような声に思わず顔をあげるが、唐麻さんは穏やかな表情でガートの頭をなでていた。

「嘘じゃない、と……思います」

私が復職すれば、病院側も不平等な処分の追及をされずに済む。親だって安心するだろうし、紗英の実習にも影響が出ないはず。

「胡麦さんに足りないのは、自分自身との〝和解〟。自分に嘘をついている現状を変えなければ、復職しても同じことがくり返されるでしょう」

嫌だな、と思った。お腹のなかのモヤモヤは涙から怒りに変わりはじめている。

「ずっと……そうだったんです」

聞いたことのない自分の声がテーブルに落ちた。低くて暗くて泥のような声。

「言いたいことを口にすれば問題が起きる。最終的には力ずくで納得させられて、ダメな人間だと烙印を押される。もう……波風を立てたくないんです」

唐麻さんにはわからない。どんな苦しい毎日を過ごしてきたかなんて、わかりっこない。もうなにも言いたくないのに、一度漏れた本音が止まらない。

「嘘だっていいじゃないですか。だってそうしないともっと苦しくなるから。誰かを責めることは自分が責められるよりもっと苦しいからっ……！」

はあはあ、と荒い息がこぼれた。涙なのか汗なのかわからないものがあごを伝っている。

しばらくの沈黙が続いた。

恐る恐る顔をあげると、

「……え？」

唐麻さんが白い歯を見せて笑っていたから驚いた。どうして笑っているの？

「やっと胡麦さんの本質を見られた気がしてうれしい。自分の本当の気持ちを吐き出すこと、それがポボアードなんです。一歩前進したと言えるんじゃないでしょうか」

「今のが……」

「そう」とうなずいたあと、唐麻さんはガートを膝から降ろした。

「醜い感情を僕に伝えてほしい。そのうちに本当の自分がどんな人間なのかわかるようになるから」

たしかに少し気持ちはラクになっている。だけど、ほかの人の前でこんなことは絶対に言えない。

「胡麦さんは弱い人間なんかじゃない。だって、看護師になる夢を押し通したのだから」

「…………」

看護師になる決意は揺らがなかった。念願だった職につけたというのに、理想と現実の差があまりにも大きくて、もう立ち向かうこともできなくなっている。

「それに、先ほど職場のことを聞いた時に、胡麦さんはすべて自分のせいだと説明していた。府水看護師のことだって話せたはずです。人によってはそれを弱さとも呼ぶし、やさしさだとも呼ぶでしょう」

泣きすぎたせいか頭がぼんやりしている。けれど不思議と息がしやすくなっている。

「これからもポポアードを続けましょう。週に何度かでいいから予約を取ってください」

できれば続けたいけれど現実的にはとても無理な話だろう。料金体系は知らないけれど、自費診療が高いのは聞かなくてもわかる。

もう一度背筋を伸ばして息を吐いた。

「唐麻さん……先生とこれからもお話ができればうれしいです。でも、傷病手当をもらっている現状で通うのは厳しいです」

「僕のことは『唐麻さん』でいいよ」

私の問題点と返事が噛み合っていない。

「そうじゃなくてですね――」

「では、僕からひとつ胡麦さんに提案しますね」

話を遮った唐麻さんがやおら人差し指を立てた。たっぷり間を取ったあと、唐麻さんは口を開いた。

「火曜日からここで働いてください」

子どものような満面の笑みが目の前で咲いていた。

「ありがとうございました」

外まで見送ってくれた紀実さんがサッとうしろをふり返り、

「よし、健太くんはいない」

と確認してから私の手を両手でガバッと握った。

「ねえねえ、ここで働いてくれるんだってね。めっちゃうれしいよ～！」

ブンブン手をふって興奮する紀実さん。新堂さんもホクホクとした顔でうなずいている。

「違うんです。急なことなのでちゃんと働くかはまだ決めてないんです」

あのあとは大変だった。

傷病手当をもらっている身なので仕事に就くことができない、と伝えれば『ボランティアとして働くのはどうですか？　ポボアードを無料にしますから』と言うし、カフェでバイトをしたことがない、と伝えれば『誰でもできるから大丈夫です』と。

暖簾に腕押しとはこのこと。結局、押し切られるように火曜日からお試しで三日間勤務することになってしまった。

不思議なのはポボアードが終わったあと、フロアに下りて来た唐麻さんにまるで無視されたこと。ランチの時間も終わり店内の客数も少なかったのに、最後に挨拶をしたら『ああ』とだけ答えてどこかへ行ってしまった。

急な変化に戸惑っているけれど、とにかく火曜日からここで働くことは決まった。

「ここは月曜日と金曜日が定休日なんだよ。火曜日なら私もいるから大丈夫。同い年くらいの女子がいないからうれしいの」

「同い年ではないと思いますが……。私、二十四ですし」

「私は二十歳。四捨五入したら同じだね。あ、タメ口にしようよ。ね？」

ダメだ。全然人の話を聞いてくれない。

新堂さんに目線で助けを求めるが、ほっこりした表情で海を眺めている。

「そいでね、私は胡麦ちゃんって呼ぶから、胡麦ちゃんは紀実ちゃんって呼んでね」

「あの……」

視線を感じ顔をあげると、ガラス戸に張りつくように健太さんが睨んでいた。同じく気配を感じたのだろう、紀実さんが慌てて私の手を離した。

「じゃあまたね。最後に紀実ちゃんって言って。お願い！」

「……紀実ちゃん」

そう言うとうれしそうに身震いしてから、紀実さんは店へ戻っていった。

「あんたねぇ」と言う健太さんの声は、閉まるドアの向こうに消えた。

砂浜を歩き、駐車場へ向かう。さっきよりも傾いた太陽が海の上に浮かんでいる。

駐車場のアスファルトで靴のなかの砂を取っていると、

「よかったね」

と、新堂さんがしみじみと言った。

「よくないです。いきなりカフェの店員になんてなれません。それに……」

と、ＳＥＳＴＡの建物に目を向けた。

「それに？」

「このカフェは食べ物も飲み物もポポアードも、人の心を癒してくれる場所だと思います。弱い私に勤まるはずがありません」

正直な気持ちを吐露できたのは、ポポアードの成果だろうか。

「僕はそうは思わないな」

新堂さんがまぶしそうに太陽に目を細めた。

「悲しい時に元気な曲を聴いてもつらくなるでしょう？　コメディ映画を観たって慰めにはならない。心が疲れている胡麦ちゃんだからこそ、同じような人を癒すことができるんじゃないかな？」

そう言うと、新堂さんは車へと歩いていく。

SESTAの建物から海へ目を向けてみる。波が砂浜を洗い、海へと帰って行く。

あの穏やかな海のように私もいつかなりたい。自分自身と向き合い、この苦しみから抜け出したい。

「なん」

いつの間に外に出て来たのだろう。ガートが駐車場の入り口にちょこんと座っていた。

私を見る目がさっきよりもやさしく感じたのは、気のせいだろうか。

# 第二章　風を見る午後

小学五年生の夏休み、最初で最後の家出をした。

理不尽なことで叱られたような記憶があるけれど、はっきりとは覚えていない。両親の目の前で家を飛び出たわけじゃなく、ふたりが出かけるのを待ってからリュックに着替えを詰めこみ自転車に飛び乗った。

結局、その日のうちに家に戻ったので親はいまだに家出したことも知らないだろう。右膝(みぎひざ)に貼ってある絆創膏(ばんそうこう)にすらふたりは気づかなかった。

懐かしい記憶が、車で県道を走っている今、ふわりと頭によみがえった。

右手に雑木林が山のように連なり、左手には荒れた田んぼに雑草が生い茂っている。やはり、あの日見た景色にどこか似ている。

SESTAの駐車場は建物の東にあり、アスファルトは砂に侵食されている。車を降りるのと同時に小粒の雨が降り出した。

六月二十五日、今日は初出勤だ。二日前に連れて行ってもらったカフェで働くことになるなんて、人生にはなにが起こるかわからない。

促されるまま働くことになったので、雇用条件も出勤時の服装も勤務時間でさえも聞けずじまい。『十時くらいに出勤してください』というアバウトな出勤時間を告げられただけ。

服装は悩みに悩んだ結果、白シャツにブラックジーンズというカフェでよく見かけるものにした。シャツのポケットにメモ帳とペンを入れてある。

小走りで駐車場を抜け店の入り口につくと、私が開けるより先にガラス戸が開いた。

白Tシャツにジーンズ姿の健太さんが、なかからドアを開けてくれている。剣山のように尖った髪、厚い胸板、シャツから覗く鍛えられた腕。繁華街で会ったら、サッと目を逸らしてしまうだろう相手だ。

「ありがとうございます。今日からよろしくお願いいたします」

最初が肝心と、丁寧に頭を下げると、健太さんは太い眉をグッと寄せた。

「やだ、胡麦のために開けたんじゃないの」

「えっ」

「バイクに忘れ物を取りにいきたいからドアを開けたってこと。勘違いしないでよね」

そうじゃなくて、呼び捨てで呼ばれたことに驚いているのだ。

意にも介さない様子で私の横をすり抜けると、健太さんは空を恨めしそうに見た。

「さすがに梅雨って感じね。しばらくは雨なのかしら。そうそう、あたしのことは健太って呼んでくれていいから。じゃあ、あとでね」

言うだけ言って駐車場に駆けていく。

照明のついていない開店前の店内は、建物自体が息を潜めているみたい。奥にあるバーカウンター、そのスツールのひとつに猫のガートが座っていた。私に気づくと顔をひょいとあげた。

「ガート。今日からよろしくね」

名前を呼んだ瞬間にプイと横を向かれてしまう。あいかわらず歓迎する気はないらしい。

唐麻さんや紀実さんはどこにいるのだろう？

バーカウンターの横にある扉を開けると、大きな厨房（ちゅうぼう）が現れた。大型冷蔵庫やガスコンロ台、シンクなどすべてが銀色で統一されている。

開店前というのにたくさんの香りが漂っている。トマトソースのような香りに、これはニンニクかな。シンクのなかには水滴のついたレタスがザルに入れてある。

「なに？」

咎（とが）めるような声にビクッと体が震えた。

奥にあるストック庫らしい場所から出て来た男性がこっちを見ている。白いコックコートを着ているので厨房担当のスタッフだろう。年齢は四十歳くらいだろうか、長い髪をひとつに縛っている姿はコックと言うよりサーファーを連想させる。

「すみません。本日からこちらでお世話になります、米沢胡麦と申します。よろしくお願いいたします」

「ああ、唐麻の――」

つぶやくような小声で言った男性が、あごを前後に動かした。

「スタッフルームは出て左にあるトイレの奥」

ぶっきらぼうに言い捨て、ストック庫へと消えてしまった。

扉の外に出ると左手にトイレへ続く細い廊下があった。女性トイレ、男性トイレの奥にＳＴＡＦＦのプレートが掲げられたドアがある。

ノックをしてドアを開けると、「あら」と健太さんが目を丸くした。

「姿が見えないからどこに行ったのかと思ってたわ。トイレにでも行ってたの？　よくここがわかったわねえ」

「厨房にいた方に教えてもらいました」

素直に答えると、健太さんは目と口を大きく開いた。

「鈴木シェフが教えてくれたの？　あの人、ぶっきらぼうでしょう？」

「そんなことないです」

「この店では堅物として有名よ。でも本当はやさしいの。見た目と性格が違うって言うのかしら」

それはあなたも同じです。そんなこと言えるはずもなく、あいまいにうなずいて部屋を見回す。スタッフルームは六畳くらいの大きさで、壁際に縦長のロッカーがいくつか並んでいる。部屋の中央に大きなプラスチック製のテーブルが置かれていて、ここをスタッフが休憩に使うのだろう。

「タイムカードはここ。押し方はわかる？」

「はい」

渡されたカードの氏名欄には『胡麦』とだけ書かれてあった。ドアの横にあるタイムカードの機械に入れると、9：55と黒文字で印字された。

「胡麦のロッカーはここね。名前シールを貼っておいたから」

一番右のロッカーを指さす健太さん。こちらも『胡麦』の二文字が目立っている。こういうのって普通は苗字を書くものだと思うんだけど……。

「なかに荷物を入れたらエプロンをつけてね。マスクは自己判断でどうぞ」

「はい」

ロッカーのなかにハンガーがふたつぶら下がっていた。右側のハンガーに緑色のエプロンが吊るされている。

言われた通り荷物を置き、エプロンをつけた途端緊張が増してくる。

本当にここで働くことができるのだろうか。この数カ月は家で引きこもっていたし、心の病気も幾分ラクになった程度でしかない。三日間のお試し期間を無事に終えることができるか心配でたまらない。

「用意完了。じゃあロッカーのカギをかけてフロアに出るわよ」

「あの、健太さん」

「健太、ね。『さん』づけで呼ばれるのが嫌いなの。お客様へは敬語で話をしてほしいけど、スタッフ同士は必要ないから」

そんなことを言われても先輩を呼び捨てにしたり、タメ語で話すことには抵抗がある。病院勤務なら考えられないことだ。

「それはちょっと……。健太さん、お聞きしてもいいですか？」

「知らない」

プンと両腕を組んでそっぽを向く健太さん。かわいい仕草をしているつもりだろうけれど、余計に腕の筋肉が強調されているし。

仕方なく「健太」と呼ぶと、唇を三日月の形にして首をかしげた。

「なにかしら？」

「私、一応三日間のお試し勤務になってると思うのです――思うんだけど……」

「聞いてるわよ」と、健太が扉を開けて出ていくのであとを追う。

「あたしも最初はお試し勤務からだったし。ほかのカフェよりも覚えることは少ないから大丈夫よ」

フロアに出ると、健太はバーカウンターの前でふり返った。

「ランチメニューは一種類だけ。デザートはいつでもオーダー可能。ランチタイムが終わったら食事の種類も増えるけれど、作るのは鈴木シェフだから。あたしたちの仕事は飲み物を作ることと給仕、あとは会計くらいかしら。はい、これを各テーブルにセットして」

紙ナプキンの入った紙箱がいくつかトレーに載っている。

「紀実さんはまだ出勤してないんですか？」

「…………」

「……紀実ちゃんはまだ出勤していないの？」

トレーを手に言い直すと、健太はさっきいたスタッフルームのほうに目をやった。

「今は恒例行事中なの」

「え？」

つられて顔を向けると、女子トイレのドアが開き紀実ちゃんが出て来た。青い顔をしているように見えるのは照明がついていないからだろう。

「ごめんごめん。遅くなって――」

と言いかけた紀実ちゃんは私に気づくや否や、

「胡麦ちゃんだ！」

パアッと顔をほころばせたかと思うと、ダッシュしてきたので慌ててトレーを元の位置に戻した。そのままガシッと抱き着かれる。

「一緒に働けるね。すごくうれしい！」

「あ、はい。じゃなくて、うん」

私よりも小さくて華奢(きゃしゃ)な紀実ちゃんは、まるで妹みたい。本当の妹とは没交渉が続いているので、余計にかわいらしく思えた。今日は長い髪をお団子ヘアにしている。

パンパンと健太が手を打ち、

「そういうことは休憩中にでもしてちょうだい」

と制した。三角形の形で私たちは向かい合う。

「じゃあ改めて自己紹介をするわね。あたしは、日野健太。アラサーよ。彼氏はいないけど、好きな人はいるのよね。まあ、どうしても聞きたいのなら――」

「私は野田紀実！」

「ちょっと、まだ話が途中でしょう!?」

憤慨する健太を無視して紀実ちゃんが続ける。

「SESTA歴は一年くらい。初めての後輩が胡麦ちゃんなんだよ。すごくうれしい！」

アニメ声の紀実ちゃんはキラキラと輝いている。私が同じくらいの時は看護学校で毎日泣いていた記憶しかない。

健太がカウンターの脇に置いてある縦型のメニューボードを取り出した。『本日のランチ　バカリャウ・ア・ブラス』と書かれてあり、下にはチョークでイラストが描かれてある。

炒め物だろうか、細切りにした黄色の食材――これはジャガイモ？　ほかにも白色と黄色の食材、そしてオリーブのような絵だ。

ほかにはサイズと料金、飲み物について美しい文字で書かれている。

「これはメニューボード。入り口に置いてあるのを見てお客様はどんな料理なのかを想像するの。今日はバカリャウ・ア・ブラス。ほら、メモを取りなさい」

いけない、と胸ポケットからメモ帳を取り出す。

「バカリャウ・ア・ブラスという料理は――」

「はいはい！　私がしたい」

手をあげる紀実ちゃんに健太は口をへの字に結んだが、どうぞと渋々右手を差し出した。

うれしそうにピョンと飛び跳ねた紀実ちゃんのお団子ヘアが左右に揺れている。

「これはSESTAの定番料理。ポルトガル料理で、タラとフライドポテトを炒めた料理なんだよ」

「フライドポテトを炒めるの？」

揚げることはあっても炒めるのは聞いたことがない。

「そうみたい。薄い味つけで美味しいんだよ」

「はあ」と健太がこれみよがしにため息をついた。

「今の説明じゃ六十点ってとこね。『そうみたい』ってなによ。それに『薄い味つけ』ってちっとも美味しそうに聞こえない」

「えー、ちゃんと説明できたもん」

不服そうな紀実ちゃんを無視して、健太はボードのイラストを指さした。

「バカリャウというのは、塩漬けしたタラの干物のこと。ポルトガル料理ではよく使われる食材なの。玉ねぎとポテトと一緒に炒めるんだけど、カリッとした食感を出すためにフライドポテトを使うの。ポテトチップスで代用する家庭もあるそうよ。最後に玉子を絡ませて完成。程よい塩味の美味しい料理よ」

たしかに健太の説明のほうが美味しそうに聞こえる。紀実ちゃんも悔しそうな顔をしながらメモを取っている。

「食後のドリンクはコーヒーか紅茶を選べて、もちろんアイスコーヒーやアイスティーもＯＫ。ほかにもドリンクメニューはたくさんあるから最初は大変かもしれないけど……あっ！」

視線が階段のほうへ向いた瞬間、健太の瞳がキラキラと輝き出した。

見ると、優雅に階段を唐麻さんが下りてきている。黒いワイシャツに同じ色のスラックスと革靴スタイル。前回とは真逆の色合いだ。

まるでスポットライトが当たっているように、窓からの光が唐麻さんを浮きあがらせている。前回のポポアードでやさしく寄り添ってくれたことを思い出し、胸があたたかさを覚えた。

一階に下りてきた唐麻さんは、バーカウンターの内側へ足を進めた。

「唐麻さんおはようございます」

ひと際大きな声で挨拶をした健太が、いそいそとカウンターへ進む。

「今日はポボアードの予約が二件入っています」

「そうか。よろしく頼む」

ぶっきらぼうな答えなのに、「キャ」と健太はうれしそうに両手で口元を押さえた。

「唐麻さんのためなら全然構いません。あ、あたしナプキン置いてきますね」

カウンターに置いてあったナプキンの載ったトレーを持つと、小走りで駆けていく。

さっき私が頼まれたんだった。急いで追いかけようとしたけれど、唐麻さんのことが気になる。

「あの……今日からよろしくお願いいたします」

頭を下げるが返事は「ああ」とだけ。興味なげに電気調理器の上にポットをセットしスイッチを入れた。

前回のポボアードの時との落差が激しすぎる。

「毎朝、開店前に唐麻さんが飲み物をふるまってくれるんだよ」

気にする様子もなく紀実ちゃんがメニューボードを手にそう言った。

「私が設置してきます」

「じゃあ、場所を教えるから一緒に行こうよ」

歩き出す紀実ちゃんについて外に出ると、湿った潮風が前髪を揺らした。

オープンテラスになっている客席は屋根がついているので雨は降りこまないが、この天気では座る人もいないだろう。

メニューボードをドアの横に置くと、紀実ちゃんは近くにあった砂袋を足の部分にくくりつけた。

「風で飛ばないように重りを置いておくの」

もうひとつある砂袋を見よう見まねで私も設置する。立ちあがると、さっきよりも強まった雨が、海と空を灰色に沈ませている。

ふとした瞬間、頭に浮かぶのは病院のこと。ポポアードという名のカウンセリングで、気持ちは少しだけラクになっている。でも、まさかここで働くことになるとは思わなかった。

今日から三日間、ここで働いてポポアードもしてもらえればなにかしらの答えが出るのだろうか。今はそんな未来が想像できないほど、私の心は天気と同じ色だ。

「今日は天気が悪いから忙しくないと思うよ」

見ると、紀実ちゃんが風に目を細めていた。

たしかに海のそばにあるカフェに行くなら、天気の良し悪しは重要だろう。

「私、どんなふうに動けばいいんだろう。カフェで仕事をしたことがなくて……」

高校時代、親は私が医師になると思いこんでいた。もちろんバイトは禁止だったし、看護師になってからは目の前の仕事をこなすことに夢中で、休みの日は寝てばかり。カフェなんて最後に利用したのがいつかさえ覚えていない。

「緊張しなくても大丈夫だって」

そう言うと紀実ちゃんはエプロンのポケットから薄いノートを取り出した。

「簡単なマニュアルを作ったの。これを見れば、なんとなくわかると思う」

開くと、ノート一面に丸文字でマニュアルが書かれている。挨拶の仕方、ランチの説明の仕方に加え、通常メニューもひとつずつ説明がされてある。

「紀実ちゃんが作ってくれたの？」

「そうだよー。だって胡麦ちゃんと働けるのがうれしくってたまらないの」

弾ける様な笑顔に急に泣きたくなった。

「すごく……うれしい。ありがとう」

「こっちこそだよ。ほら、早く戻らなきゃ、健太くんが怖い顔してる」

クスクス笑いながら紀実ちゃんが店に戻っていく。

もう一度ノートを眺めてからエプロンのポケットにしまった。私のために作ってくれたことがうれしくてたまらない。同時に、看護師をしていた時のことがまた頭に浮かんでしまう。

『なんでわからないならマニュアルを見ないの？』

『能力の差じゃないの、努力の差なの』

放たれた言葉は、その日からずっと私を攻撃し続けている。

断ち切るように店内に戻ると、もう雨音も波の音も聞こえなくなっていた。

カウンターのスツールに健太と紀実ちゃんが並んで座っていたので私も腰をおろした。

唐麻さんの手元にある透明のサーバーのなかで、茶葉が静かに躍っている。今日の飲み物は紅茶なのだろう。

サーバーを見つめる唐麻さんに健太が鼻をヒクヒク動かした。

「香りがとってもいいわ。どこの紅茶なんですか？」

「三重県で作られた和紅茶」

カップに紅茶を注ぎながら唐麻さんが答えた。

「三重県の紅茶？　聞いたことある？」

「知らないし、美味しければなんでもいい。それよりもなにかお菓子も食べたいなあ」

健太のパスをスルーした紀実ちゃんに、唐麻さんが「ああ」となにか思い出したように言った。

「今日のまかない、プリンがつくそうだ」

「プリン！　鈴木さんの作るプリンって固めで好き。もう今日は何倍もがんばっちゃう」

あまりにうれしそうに手を叩くから私まで笑ってしまう。

目の前に置かれたティーカップは、朝顔をデザインしたシェイプだった。青紫色の朝顔が主張することなく上品に描かれている。

ソーサーとカップを持ち、手元に運ぶと華やかな香りに思わずため息がこぼれた。

「いただきます」

濃い茜色の紅茶をひと口飲むと、渋みの奥にある甘みが花火のように咲いては消えていく。

「さっぱりとしているのに渋みが主張していて、ほのかな甘さがあとからきますね」

そう言うと、棚にもたれて紅茶を飲んだ唐麻さんがハッと私を見た。やっぱり前回とはまるで違う鋭い視線だ。

「おもしろい感想だ。いや、的確な表現だな」

そう言ったあと唐麻さんがニヤリと笑った。

……ひょっとしたら唐麻さんは双子なのかもしれない。ポポアードをしているのは別人だということもあり得る。

横を見ると、紀実ちゃんはニコニコ、健太はなぜか燃えるような目で私を睨んでいた。目が合うと「フン」と声に出してそっぽを向かれてしまった。

なんだかよくわからない人だ。

「あれ」と、紀実ちゃんが壁の時計に目をやった。

「克弥くん、まだ来てないね」

初めて耳にする名前に首をかしげるしかない。

「克弥が遅刻するのはいつものことでしょ。それより、そろそろ時間だから仕事に戻りましょう」

健太が立ちあがるのを合図に、残りの紅茶を飲みほした。

スタッフルームの椅子に崩れるように座りこむと、やっと緊張が体から放たれた。ロッカーに入れてあるマグボトルを取りに行く元気もなく、テーブルに頰をつけて疲れを逃がす。

雨にもかかわらず、今日はたくさんの客でSESTAはにぎわっている。昼のピークは過ぎたと思ったらまた満席になったりで、さすがの健太も焦っている様子だった。

「胡麦ちゃん大丈夫？　まさかこんなに忙しいなんてビックリ」

先に休憩に入っていた紀実ちゃんが、山盛りのまかないを食べながら言った。この小さい体にこんなに入るなんてすごい。

「色々助けてもらってすみません」

「こっちこそ。一緒についてあげられなくてごめんね」

「とんでもないです。マニュアルのおかげで助かりました」

紀実ちゃんにもらったマニュアルには業務内容がわかりやすく時系列で記してあり、ぎこちないながらもスムーズに動くことができた。さすがに会計だけはほかのスタッフに任せたけれど、なにをしていいのかわからない状況に陥ることは少なかった。

「ちょ、大丈夫？　また敬語に戻ってるよ」

「あ、ほんとだ」

体を起こすのと同時に、スタッフルームのドアが開いた。鈴木さんがトレーを手に入ってくる。口を一文字に結んだまま、私の前にトレーを置いた。今日何十回と提供したバカリャウ・ア・ブラスが湯気を立てている。

「次からは休憩の五分前に声かけて。カウンターに出すから自分で運んでくれ」

「あっ、すみません」

たしかに客じゃないんだから自分で運ばないと。健太も紀実ちゃんもそう言えば、鈴木さんに声をかけていたっけ……。

紀実ちゃんが急に立ちあがったかと思うと、

「ごめんなさい！」

床に引っついてしまうくらい深々と頭を下げた。

「私がマニュアルに書き忘れたせいです。あと、玉ねぎ抜きのオーダー、伝え忘れてすみませんでした」

「……次から気をつければいい」

ボソッと言うと、鈴木さんは結んだ長い髪を揺らし部屋を出て行った。

「ふう」と息を吐いた紀実ちゃんがどすんと椅子に座り、

「ほら、食べて食べて」

と勧めてきた。

「ごめんね。私のために謝ってもらっちゃって」

「謝らなくていいよ。ミスなんてみんなするんだし、そもそも胡麦ちゃんは知らなかったんだから」

　モグモグと口を動かす紀実ちゃんから、トレーの料理に目を移す。湯気からニンニクの香りがしていて、忘れていた食欲が思い出される。主菜とともにご飯とスープ、今朝言っていたプリンが添えられている。

「いただきます」

　手を合わせて、フォークで掬うように具材を口に運ぶとタラの塩味が広がった。細切りのフライドポテトが食感を生み、玉ねぎはとんでもなく甘い。半熟の卵がすべての具材をまとめていて、食べるほどに食欲が出てくるようだ。

「美味しい。いくらでも食べられちゃいそう」

「でしょー。次回から大盛りで頼むといいよ。まかない食は無料だしね」

　すごい勢いでプリンまで制覇した紀実ちゃんは、食べ終わると同時に大きなあくびをした。

「ヤバい。食べたら眠くなっちゃう。ランチが終わったらヒマになるからいいけど」

　照れたように笑ったあと、またあくびをひとつ。

「あの」と、尋ねることにした。

「唐麻さん途中からいなくなったけど、どこへ行ったの？」

　二度目のピークが終わろうかという頃から姿が見えなくなったのだ。

「二階だよ」

当然のように言ったあと、紀実ちゃんが「あ」と口を押さえた。

「紹介してなかったか。バイトで佐々木（ささき）克弥くんって子がいるんだけど、遅れて出勤してきたんだよね」

今朝も健太がその名を口にしていたのを思い出した。

「いつも遅れてくる、って人のこと？」

「克弥くんもいろいろあってさ。ここでは自由出勤みたいな感じで勤務してるの。今日はオープンからの出勤だったんだけどやっぱり遅れて来たね。そのまま二階で唐麻さんとポポアードしてるの」

「克弥さんもポポアードを？　へえ……そうなんだ」

私以外にもポポアードをしているスタッフがいるなんて。

「たぶん今日はそのまま帰るんじゃないかな。また出勤してきたら紹介するね。なんたって、うちでいちばん若いスタッフだし」

「紀実ちゃんじゃないの？」

「違う違う。克弥くんはなんと十七歳。現役の男子高校生なんだよ！　弟みたいにかわいいの。と言ってもここでの勤務は私より長いから先輩なんだけどね」

へえ、とうなずいてすぐに疑問が頭に浮かぶ。今日は学校が休みなのだろうか。テスト休みにしてはまだ時期が早い気もする。

「私も早く胡麦ちゃんみたいに大人になりたい。二十歳って微妙なんだよね。急に大人扱いされても気持ちがついていかないし」

「ああ、それはわかる気がする」

高校生くらいの時がいちばん楽しかったな。集団に紛れることができたし、個人の責任も少なかった。

「紀実ちゃんは学生さんなの？」

「一応、専門学校生なの。最近はバイトばっかかでサボり気味だけど」

ぶうと唇をとがらせる紀実ちゃんは、妹の紗英と比べると幼く感じる。いや、紗英が大人びているせいだ。最近では顔を合わせてもまるで無視状態だし。

紀実ちゃんみたいな妹だったら良かったのにな……。

ふと気づくと紀実ちゃんが眉をひそめて両手でお腹を押さえていた。

「どうかした？　大丈夫？」

「ごめん。トイレ行ってくる！　そのまま休憩あがるからゆっくりしててね！」

わーっと叫ぶように言ったあと、慌ただしく紀実ちゃんは部屋を出て行った。よく食べてよく出す子なのだろう、と思わず笑ってしまった。

紀実ちゃんがくれたマニュアルを読み返していると、彼女のやさしさに触れている気がした。こんなふうに後輩を思いやってくれて、さっきは自分のミスを素直に謝ってもいた。

私はどうだったのだろう。私の入職後に入った看護師もいたけれど、自分のことで精いっぱいでなにひとつ教えてあげられなかった。失敗しても逃げることばかり考えていたような気もする。

そう考えると、紀実ちゃんのほうが私よりもずっと大人なのかもしれない。


玄関のドアを開けると、待ち構えていたかのように母がリビングから顔を覗かせた。

「どこに行ってたの」

質問ではなく詰問に聞こえるのは、私が過剰に反応しているからだろうか。

「ただいま」

靴を脱ぎながら、帰りの道すがらシミュレーションをしてよかったと思った。初めてSESTAに行った日曜日も帰ってきたとたん、セカンドオピニオンについて質問攻めにあったので懲りている。

その時は、『セカンドオピニオンを紹介してくれるんじゃなくて、近況報告をカフェでしてた』と嘘をついた。これからしばらく外出をすることになるから、うまい言い訳を考えなくてはならない。

二階へ逃げても納得するまでは解放してくれないだろう。洗面所で手洗いとうがいをしている間も、母は取り調べを続ける。

「今日は受診の日？　こんな時間まで？　誰と？」

焦らないようにキッチンペーパーで手を拭き、なんでもないような顔でリビングへ。

父はまだ午後の診察時間だし、紗英は大学から戻っていない。

冷蔵庫から麦茶のボトルを取り出す。

「社会復帰プログラムというのを受けることにしたの」

「あら……そう」

「これからしばらく受けることになると思う」

「しばらくってどれくらい？」

「それはわからないけど……」

「病院へはいつ復帰できそうなの？」

グラスに麦茶を注いでから、「あのね」と母の目を久しぶりに見る。

「復帰プログラムは自分を見つめ直すためにあるんだって。その期間は余計なことを考えずに自分自身と向かい合って――」

「なに言ってるのよ」

用意した言い訳は簡単に中断されてしまう。メガネ越しの瞳（ひとみ）が射るように向けられている。母の怒りはいつだって目に宿る。その炎は怒りが燃え尽きるまで鎮火することはない。

「余計なことってなによ。自分がどれだけ周りに迷惑をかけているのか考えなさい。自分自身と向かい合うよりも、社会と向き合うことが先でしょう。プログラムならスケジュールを見せなさい」

「…………」

「まさか」と母は眉間(みけん)のシワを深くした。

「それも新堂先生の紹介なの？　あんまりこういうことは言いたくないんだけど、新堂先生はお父さんの所属している医学会で評判がよくないらしいの。どうそそのかされたのかは知らないけれど、まずは病院に戻ることが先でしょうに」

吐き捨てるような言い方の母に、これまではずっと耐えるだけだった。モヤッとした気持ちがお腹のなかで生まれ、どんどん渦を巻きながら大きくなっている。

でも『カフェで働くことになった』なんて言ってしまったら元の暗闇に戻るだけ。

そうか……わかった。

私は今日、久しぶりに楽しいと思えたんだ。ぎこちない充実感は、今感じている疲労よりもずっと大きい。

「お母さん」

自然に笑みを浮かべていることに気づいた。ますます不機嫌そうな表情になる母に、私は頭を下げた。

「迷惑をかけてごめんなさい」

病院を休んでからは家から出たくなかった。誰にも会いたくないし、話したくなかった。

なのに今は、早くSESTAに行きたい。

「ちゃんと病院に戻れるようにがんばります。だから、しばらくは許してほしいです」

この家にいなくて済むのなら、嘘だってつけるよ。


お試し勤務三日目も雨だった。

仕事の流れはなんとなく頭に入ってはきたけれど、食後のドリンクは手が出せないまま。ポボアードでしてもらったように、コーヒーは一杯ずつ豆をミルで挽いてドリップで淹れる。紅茶もランチメニューにより茶葉が替わり、そのたびに淹れ方も違う。

私が担当したのでは何分も待たせることになってしまうため、ほかのスタッフや唐麻さんがしてくれた。

十四時前にランチタイム最後のコーヒーを提供した頃に、健太が休憩から戻って来た。時間差で休憩に入った紀実ちゃんは今頃大盛りのまかないを食べているのだろう。

そんなことを考えていると、スタッフルームから紀実ちゃんが飛び出て来た。そのままトイレに駆けこんでいく。健太が『恒例行事』と言っていた意味がよくわかる。食べるとすぐにトイレに行きたくなる体質らしい。

今日はこのあと私のポボアードがある。その時に今後どうするかの話が出るのだろう。

私の勤務時間は十時から十五時までの五時間。昼休憩を一時間もらえるので実質四時間の勤務となる。店の営業時間は十七時三十分までで、健太や紀実ちゃんは清掃を含めて十八時すぎまでいるそうだ。

寝てばかりで低下した体力も日に日に戻ってきているのを実感している。

もうしばらくここで勤務を続ければ、家族の望むように病院での勤務に戻れるような気が……それは少し言い過ぎかも。

できればお試し勤務を終えてもここで働きたいと思っているけれど、唐麻さんから断られる可能性だってある。過剰な期待をしてショックを受けるのは避けたい。

メニューボードをしまうために外に出ると、降りこんだ雨のせいでイラストが涙を流したように滲(にじ)んでいた。

砂袋を取り外していると、テラスを横切ってふたり組の女性客が店内へ入っていく。

「いらっしゃいませ」

ふり向くと同時に体が硬直した。ふたり組のうち、先に店に足を踏み入れた女性のうしろ姿が過去の映像と重なる。

ひとつに結んだ白髪交じりの黒髪、胸を張るような歩き方、肩から下げているバッグも見覚えがある。健太に案内されバーカウンター近くの席に背を向けて座るうしろ姿。

——清水さん？

名前が浮かぶのと同時に無意識に胸に手を当てていた。急激に速まる鼓動はすぐに痛みに変わり、足がおもしろいくらい震えている。

清水さんがどうしてここに？　私がいることを知ってきたの？　気づかれたらどうす

ればいいの？

　気づけばその場にうずくまるように座りこんでいた。息が苦しくて呼吸をしようとしてもうまく吸いこむことができない。胸の痛みが増すごとに動悸(どうき)も激しくなっている。過呼吸になっていると自覚しても対処法をおこなう余裕がない。

『いったい学校でなにを学んできたの』

『看護師としての基本がなっていない』

『あなたは人を救うどころか、殺すところだったのよ』

　たくさんの言葉が頭のなかでぐるぐる回っている。考えちゃダメだと思えば思うほど、あの冷たい声がリフレインする。

　どうしよう、どうしよう……。酸欠状態が続いているせいで、周りの景色がどんどん暗くなっていく。

　清水さんが言っていた言葉はいつも真実だった。こんな時なのにそう思った。

　過呼吸症状、パニック症状。それらの症状から思い当たる病名はあるのになんの処置も施せない。

　私はなんて情けないのだろう。

「う……」

　悔しさに涙があふれ、喉(のど)の奥から短い声が漏れた。その間にも世界は色を落としていく。

こんなところで気を失ってしまったらもう終わりだ。スタッフにもお客さんにも迷惑をかけ、二度と来られなくなる。

「大丈夫か？」

唐麻さんの声が聞こえた気がした。普段は冷たいのに、ポボアードの時はやさしい唐麻さん。今日もこれから話を聞いてもらえるはずだったのに、叶わないまま終わっていくのかな。やっと見つけたこの場所も、追われてしまうんだね……。

「触るぞ」

耳元で聞こえた声に反応する間もなく、体がぐわんと揺れた。倒れてしまったんだ、と思ったけれど床の感触はない。代わりに顔に腕に足に、冷たい雨が当たっている。

「え……」

薄目を開けて見ると、唐麻さんのあごのラインが間近にあった。灰色の空から無数の雨が降り注いでいる。

唐麻さんに抱えられている……？　まさか、と思っている間に見覚えのある場所に出た。ここは、厨房に通じる裏口だ。

ドアの開く音に続き、「鈴木さん」とすぐそばで声が聞こえた。

「椅子を拝借する」

パイプ椅子のきしむ音がし、どうやら私は座らされたようだった。

まだ息が苦しくてどうしようもない。

「まずは深呼吸しろ」

唐麻さんの声が遠くから近くから聞こえる。

「息を吸おうと思わずに吐くことに集中して」

だけど苦しいの。清水さんの声が頭から離れてくれなくて……。

「ろうそくの火を消すように口をすぼめて」

背中に唐麻さんの手が置かれた。リズムを取るようにポンポンと一定間隔で静かに叩いてくれている。

ああ、そうだった。過呼吸の症状を改善するには静かな環境で落ち着くことが必要だったんだ。リズムに合わせて息を吐けば肺が開くのを感じた。遠ざかるめまいと同じ速度で呼吸がしやすくなっていた。

さっきまで感じなかった甘い香りが鼻腔に届く。オーブンのうなる音、水道の音、遠くで雨の音が聞こえた。

ぼやけた視界にピントが戻った。片膝を折った姿勢で唐麻さんがまっすぐに私を見ていた。目が合うとわずかに口角をあげほほ笑んでくれた。

唐麻さんの前髪から滴が落ちている。雨に濡れるのも構わずに運んでくれたんだ……。

指先まで酸素が供給されたのを感じた。もう大丈夫だろう、と椅子に座り直す。

「すみませんでした。私……」

そう言ったとたん、唐麻さんの表情がサッと無表情に戻ってしまった。立ちあがると足早に厨房の扉へ進んでいく。

扉が開くと、さっきのふたり組の女性が見えた。清水さんだと思った女性の横顔は、まるで似ていない。たのしげにノンアルコールカクテルで乾杯をしている。

「なんだ……」

勘違いで過呼吸になってしまうなんて情けない。さっきとは違う涙がこみあげてくるが、こらえると呼吸ができなくなりそうで……。

「ほら」

声に顔をあげると、目の前に赤いマグカップがあった。湯気から甘い香りがしている。

仏頂面の鈴木さんが私を見下ろしていた。

「これでも飲んで落ち着いて」

押しつけるようにマグカップを渡すと、鈴木さんはもう私の存在なんてないように仕事に戻った。

「ありがとうございます」

頭を下げてからひと口飲むと、ホットココアの甘さが体全体に染みわたるようだ。

あんなに苦しかったのが嘘みたい。厨房が奏でる音さえやさしく聞こえている。

……私はやっぱり弱いな。

早く元気になって仕事に戻らなくちゃという気持ちは、穴の空いた風船のようにしぼんでいく。

きっとこのあとのポボアードで、契約を更新しないことが告げられるだろう。

バンと音を立て勢いよく扉が開いたかと思ったら、

「胡麦ちゃん大丈夫⁉」

紀実ちゃんが半泣きの顔で飛びこんできた。

「倒れたって聞いたの！　具合はどう？」

「おい」

鈴木さんを無視して、八の字にした眉で紀実ちゃんは顔を近づけてくる。

「過呼吸になったんでしょう？　もう息は吸えてる？　紙袋に口を当てて呼吸するのがいいんだよね。それはもうやったの？」

ペーパーバッグ法は過呼吸の対処方法としてはふさわしくないと言われている。説明しようとするが、紀実ちゃんの勢いは止まらない。

「今日は休んでていいからね。気持ち悪かったりしない？　お腹空いてない？　なにか飲む？」

「勝手に厨房に入るな！」

鈴木さんの怒号が響いたのは、その一秒後だった。

雲間から太陽の光がスポットライトのように海を輝かせている。窓の向こうに広がる海に金色の波が無数に揺れ、幻想的な雰囲気を醸し出していた。

あのあと仕事を早あがりさせてもらい、ソファで休ませてもらった。唐麻さんが二階にあがってきたのが十七時のこと。

「どうですか、体調はよくなりましたか？」

心配そうに尋ねた唐麻さんが、急須を使い緑茶を淹れてくれた。

「はい。ありがとうございます」

ああ、そっか……。

唐麻さんはポボアードの時だけ人格が変わるんだ。もしくは、フロアにいる時だけ違うのかも。どちらが本当の唐麻さんなのかはわからないけれど、やっと理解できた。

低温で抽出したお茶は、色の薄さからは想像もつかないほど濃い味わいだった。

しどろもどろで今日のことを説明した私に、唐麻さんは冷静にうなずいた。

「そうでしたか。看護師長に似た人を見て驚いてしまったのですね」

少し乱れた前髪は雨に濡れたせいだろう。抱きかかえて運んでくれたことを思い出し、頬の温度が急上昇するのがわかった。

バレないように「はい」と神妙な顔を作る。

「今思えば、全然似ていなかったのに不思議です。職場でのことが一気に頭に流れこんできて、パニックになってしまいました」

「忘れたいことほど逆に脳裏にこびりついてしまうものです」

唐麻さんは私の頭の上あたりに目をやったあと、鼻で小さくため息をついた。

「無理して忘れようとすれば、逆に意識して思い出してしまう。過去の記憶に何度も傷つけられ、縛られている状態なのでしょうね」

あ、まただ。唐麻さんの瞳が翳ったように思えた。

ひょっとしたら唐麻さんも同じような傷を経験したのかもしれない。根拠もなくそんなことを思った。

隠すために普段はぶっきらぼうな態度を？

さすがにそれは深読みし過ぎだろう。

「忘れるにはどうすればいいのですか？」

あの苦しみや悲しみを忘れることができればこの長いトンネルから抜けられるはず。

答えを期待する私に、唐麻さんは人差し指を立てた。

「Let sleeping dogs lie」

またしても英語のことわざだろうか。前回の象に続いて動物名が入っている。反応できずにいると、唐麻さんはゴホンと咳払いをした。

「寝ている犬は寝たままで、という意味」

「つまり、寝た子を起こすな。そっとしておく、という意味でしょうか」

「ほかにも、触らぬ神に祟りなしということわざにも置き換えられる。変えられない過去よりも、今日、今この瞬間を変えていくことが大切なんだよ」

そう言ったあと、唐麻さんは照れたように小さく笑った。

「これじゃあ格言を披露しているだけですから、具体的な方法を教えますね」

「はい。お願いします」

ふいに笑顔を見せられドキッとしてしまう。

やはりこっちの唐麻さんのほうが親しみやすくて話がしやすい。

「自分との和解が大切だと、前回お伝えしました。とは言え、自身と向き合うだけでは解決はしない。本当の自分と向き合うためには、周りの人に目を向けることも大切なのです」

「周りを見るなんて、そんな余裕ないですよ」

ボロッと出た本音に自分がいちばん驚いている。唐麻さんと話をするたびに、隠していた心が言葉に変換されるのが不思議だ。

「誰かの話に耳を傾けるだけでいいんです。鏡のように、相手の言葉が胡麦さんの心を映してくれるはず」

本当にそうだろうか。これまでもただ黙って話を聞いてきた。強い言葉にたやすく傷つけられ、自分から発する言葉はあまりにも弱くて無力だった。

唐麻さんが、違うよというように首を横にふった。

「これまで誰かに話しかけられても、胡麦さんの心は相手に向いていなかったと思う。防御の態勢で聞く話は、頭に入ってこないよね。心を許せる人が見つかったら、心ごと話を聞いてみて。これを次回までの宿題にしましょう」

「次回、ですか？」

驚く私に唐麻さんはローテーブルの内棚から一枚の用紙を取り出し、私の前に滑らせた。【ボランティア登録書】の文字が目に入る。

「自分との和解ができるまで継続してここで働いてください」

「え、あの……」

お試し勤務の最終日に迷惑をかけてしまったから半分あきらめていたし、私では勤まらないと消極的にもなっていた。

「傷病手当との兼ね合いでボランティアとしての登録になります。保険者へはリハビリの一環としての許可を取りますから、万が一職場の方にバレても大丈夫です」

そこまで考えてくれている唐麻さんに胸が熱くなった。

さっきまでの暗い気持ちが、雲間から見える太陽のように明るくなっていく。そうか、これが今日や未来を変えていくということなんだ。

最後に唐麻さんは言った。

「ここに胡麦さんを傷つける人はいないから安心してください」

生まれて初めて居場所を見つけられたような気がした。

一階に下りる頃には閉店後の清掃も終わっていた。

こんな時間までいたのは初めて。店内の照明がガラスに反射し、外の景色は見えない。

スタッフルームに荷物を取りに行くと、紀実ちゃんがテーブルの上にメニューボードを置き、真剣な顔で向き合っていた。

「お疲れ様です。今日はいろいろ迷惑かけてごめんなさい」

結局、後半はまったく仕事をしていないことになる。

「ぜんぜん大丈夫。具合はもういいの？」

「すっかり元気になったよ」

「最初から連続勤務なんだし、疲れが出ても仕方ないって」

そうじゃない、と言えば清水さんのことや病院勤務のことを話さなくてはいけない。

そんな話を聞かされても紀実ちゃんは迷惑だろう。

そこでやっと紀実ちゃんがチョークを手にしていることに気づいた。

「紀実ちゃんがイラストを描いてたんだね」

「私と健太くんが主な担当なの。唐麻さんに任せると文字しか書かないから」

もし私に任されても文字だけになるだろう。絵心がないことは小学校の写生大会以来、自覚している。

メニューボードには『本日のランチ　グラーシュ』という丸文字。下には白い丸皿に盛られたカレーのようなイラストが描かれている。

「グラーシュもポルトガル料理なの？」

「ドイツ料理みたい。ハンガリーにも同じ料理があるんだけど、そっちはスープみたいなもの。ドイツのほうはシチューに近い料理なんだって。でも、あさってが初めての提供だからよくわかんないんだよね」

困った顔の紀実ちゃんもかわいらしい。白い肌に色素の薄い唇は同性から見てもうらやましくなる。

「ネットで調べてもビーフシチューみたいなのしか出てこないの。茶色ばっかりになっちゃったけど、これでよしとしよう」

ボードをフロアに置きに行った紀実ちゃんが、トレーを持って戻って来た。ショートケーキやプリン、わらび餅まで載っている。

「賞味期限が切れるから食べていいって鈴木さんが許可してくれたの。ねえねえ、一緒に食べようよ」

「あ、うん」

「やった！　私、胡麦ちゃんとゆっくり話をしたかったんだー」

はしゃぐ紀実ちゃんとテーブルの角と角で向き合って座る。飲み物はスタッフルームに設置してあるウォーターサーバーのお水。

ショートケーキをひと口食べた紀実ちゃんが、「んんん！」と顔を上に向けて歓喜した。

勤務中はシャツとジーンズだったはずなのに、レモン色のワンピースの上にピンク色のショート丈のジャケットを羽織っている。ゆるふわコーデがよく似合っていて、逆に自分のシンプルさが恥ずかしくなる。

四歳の年齢差のせいというよりは、そもそも選ぶ服のジャンルが違うのだろう。

プリンをふた口食べている間に、すでに二個目のケーキに手を伸ばす紀実ちゃん。再び歓喜の雄たけびをあげたあと、はたと真顔になった。

「いけない。胡麦ちゃんに聞きたいことがあったんだった。……あの、ね」

上目遣いになった紀実ちゃんが言いにくそうにモジモジした。

「契約ってどうなったのかな、って」

なにを言われるのかとドキドキしてしまった。トーンが変わる時に叱責されることが多かったから身構えてしまった。

「ここで働くことになったよ」

「え、ほんと⁉」

花が咲くように顔を輝かせた紀実ちゃんが、「やった！」とうれしそうに肩を揺らした。

「よかったー。胡麦ちゃんとこれからも一緒に働けるんだね」

「うん。でも週に数回くらいしか働けないけど」

傷病手当をもらっているため、たとえボランティアでも多く出勤してしまうと労働能力があると判定される可能性があるとのこと。

「私も専門学校生だからそんなにシフト入ってないから同じだよ。普段は土日がメインなの。夏休みになったら増やすんだぁ」

　そう言えば専門学校に通っているって前にも聞いていたっけ。

『周りの人に目を向けることも大切なのです』

　さっき唐麻さんが言った言葉が頭に浮かんだ。

　プリンをテーブルに置き、気づかれないように深呼吸してから思い切って口を開く。

「紀実ちゃんはなんの専門学校に通ってるの？　あ、言いたくなかったらいいんだけど……」

　モゴモゴと最後は口ごもり、プリンに目を落とした。

「ぜんぜん大丈夫だよ。湖北（こほく）アミューズメント総合専門学校ってとこで、声優学科にいるの。三年過程で今は二年生」

「声優ってアニメの？　え、すごい」

　初対面の時にアニメ声だと感じたことを思い出した。

「すごくないよ。声優学科のある専門学校って入るのが大変なところも多いけど、うちは総合専門学校というだけあって広き門だったから」

　顔の前で手を横にふりながらも、頬がチークの色より赤くなっている。

「昔からアニメ好きでね、クラスの子も引いちゃうくらいのマニアなんだ」

「アフレコとかするんだよね。紀実ちゃんの声、すごくかわいいし聞き取りやすいし、絶対になれると思う」

興奮のあまりスプーンを強く握りしめる私に反し、紀実ちゃんは唇をぶうと尖らせてしまう。

「今の声優って声だけじゃダメでさ、顔もスタイルもアイドルみたいにかわいくなきゃ、たとえプロになれたとしても人気が出ないんだよ」

「紀実ちゃんは誰が見てもかわいいと思う。思う、じゃなくて絶対にかわいい」

家で臥せっている間、動画サイトやネットニュースで声優や地下アイドルを見た。紀実ちゃんならそこにいたっておかしくないし、むしろ上位の部類に入るだろう。

長いまつ毛を伏せた紀実ちゃんの唇はもう尖っておらず、キュッと結ばれている。

……なにか気に障ることを言ったのかな。

病院でも自分の発言に細心の注意を払っていた。どこに地雷があるかわからず爆発させては謝ることのくり返し。今も、気づかずに踏んでしまったのかもしれない。

手に妙な汗をかいているのがわかる。

「ぬ」

ヘンな声がしたほうへ視線を向けると、スタッフルームのドアの隙間からガートが顔だけ出している。

同じくガートに目をやった紀実ちゃんが、「もう」とはにかんだ。

「胡麦ちゃん褒めすぎ。そういうの、『褒め殺し』って言うんだよ」

「そんなこと、ないよ。本当にそう思ったから……」

しどろもどろになるのが情けない。

「オーディション受けまくってるけどさ、だいたい二次選考とかで落とされちゃってるんだよね」

ガートに向けて左手を広げた紀実ちゃん。小走りで足元にきたガートが、茶色の体を手にこすりつけている。

「明日ね、大きいオーディションの三次選考なんだ。久しぶりに勝ち抜いてて――って、もうこんな話はおしまい！」

「あ、うん……」

「ねえこれ、すごく美味しい。なんの味だろう？」

ふたつ目のケーキを食べ終わると、紀実ちゃんが首をかしげた。こういう仕草もかわいいと思うけれど、言われたくないのかもしれない。

一度ためらってしまうと、なかなか次の言葉が出てこない。

「それより今度は胡麦ちゃんのことを知りたいな」

「私の？」

「今までどんなことをしてたの？　ひょっとして結婚してたりして」

アワアワしていると、

「ガート？」

唐麻さんがスタッフルームに入って来た。私たちがいることに気づいているはずなのに、ひょいと抱えたガートのおでこに自分の鼻を押しつけた。

「捜してたんだぞ。ご飯。ご飯の時間」

ご飯という言葉がわかるのだろう。腕に抱かれたまま「ぬおお」と鳴いている。

「じゃあ、私たちも帰ろうか」

紀実ちゃんがそう言い、私も席を立った。

唐麻さんに挨拶をして裏口から外に出ると、夜に変わりゆく空にはすごい速さで雲が流れていた。藍色の上空に星は見えない。

「今度またいろいろ話そうね」

紀実ちゃんがカギを操作すると、近くに停めてある軽自動車が「ピピッ」と鳴いた。

「うん。ありがとう」

「胡麦ちゃんとこれからも一緒にいられるのがうれしい」

「私もうれしいです。これからもよろしくお願いします」

「だから敬語は禁止だって」

明るい声で笑う紀実ちゃんにホッとした。

「紀実ちゃん」

車に乗りこもうとする紀実ちゃんに声をかけた。

「明日のオーディション、応援してるからね」

せめてそれだけは伝えたいと思った。

駐車場の頼りない照明でも、晴れやかな笑顔がわかった。

「胡麦ちゃんも次の出勤がんばって。オーディションの結果は日曜日にこっそり教えるね」

去っていく車を見送ってから、私も車に乗りこんだ。

心地よい疲れと興奮、そしてモヤモヤする気持ちを車に乗せて、今日は帰ろう。


木曜日、十九時。私は車を走らせている。

助手席に乗っているのは唐麻さん。言われるがまま駅裏の道を走るが、本降りの雨のせいでスピードは出せない。

「紀実ちゃんの家って駅から近いんですか？」

「個人情報だから言えない」

「今から行くのに？」

思わずタメ語で返してから「いえ」と口ごもる。ここで唐麻さんを不機嫌にさせてはこの数日間の不安を拭えなくなるかもしれない。

日曜日、紀実ちゃんは仕事を休んだ。唐麻さんには『風邪を引いた』とメールがあったそうだ。その後、私と勤務が被ることはなかったけれど、今日までずっと紀実ちゃんは休み続けている。

健太から紀実ちゃんがアパートでひとり暮らしをしていることを聞いてからは、ますます心配が募る一方。

ポボアードの時間も紀実ちゃんのことしか口にしない私に、唐麻さんが『じゃあ、見舞いに行くか』と提案したのがさっきのこと。紀実ちゃんにメールで確認したところ『ぜひ来てください』と返事が来たそうだ。

ワイパーが激しく首を振っている。しっかり前を見ていないと信号さえ見落としそうなほど視界が悪い。

「紀実ちゃん、大丈夫かな……」

「どうだろう」

不思議な人だ。澄ました横顔をチラッと見る。

何回か勤務をしているうちに、ポボアード以外の時間もそれなりに会話をしてくれるようになった。けれど、やっぱりどこかぶっきらぼうで人を寄せつけないオーラが出ている。

特に勤務が終わったあとは、まるでスタッフの存在なんて忘れたかのように住居である二階の奥にある部屋へガートとともに消えてしまう。

「風邪ならなにか差し入れを持っていきたいんですけど」

「必要ない」

ほら、やっぱり。クールというか、他人に興味がないレベルだ。

「その信号を右に曲がって」

ウインカーを出し、慎重に右にハンドルを切る。

「あの、ポボアードのことでお伺いしたいんですがいいですか?」

数回の勤務で唐麻さんの態度が変わるキーワードが『ポボアード』であることを学んだ。今もその単語を口にしたとたん、唐麻さんは「はい」と体ごと運転席に向いた。

「なにかわからないことがあれば都度聞いてくれればいいですよ。自分との和解はできそうですか?」

唐麻さんの頭のなかを覗いてみたい。とはいえ、ずいぶん私もこの二面性に慣れてきている。

これはポボアードの延長戦だと思うことにした。

「相手の話に耳を傾けることがうまくできなくて……」

あの日、紀実ちゃんは話をしようとしてくれていた。私が余計な合いの手や質問をしたせいで、きっと口を閉ざしてしまったんだ。

罪悪感はどんなに車を走らせてもふりほどけない。むしろ、日がたつごとにその色を濃くしているようだ。

「それに自分のことを聞かれたら、なんて答えていいのかわからなくなるんです」

「どちらも簡単なことですよ。話に耳を傾けられないのも答えられないのも、心から向き合っていないからじゃないでしょうか。ヘンな同調や質問は、表層部分をなぞっているだけだし相手にも伝わってしまう。裸の心で向き合うことが大切なんです」

裸の心、か……。名前を呼ばれたあとに聞かされるのは叱責の言葉ばかりだった。裸になるどころか、傷つかないために服を着こむしかなかった。

「わかりました」

本当はなにもわかっていないけれど、そう答えた。


紀実ちゃんの住むアパートは、駅からかなり離れた場所にぽつんと建っていた。築年数は相当古そうで、二階へあがる階段は錆び過ぎて元の色がわからないほど。階段をあがっていると、テレビの音や電話で話をする声が漏れている。

二階のいちばん奥の部屋につくと、唐麻さんは躊躇なくインターフォンを押した。

「はーい」

ドアが開くと同時に油のにおいがぶわっと押し寄せて来た。

「わあ、お待ちしていました。胡麦ちゃんもわざわざありがとうね」

上下お揃いのピンクのスウェットで頭には同じ色のヘアバンドを巻いている。

「急にごめんね」

「なに言ってるの。うちに誰か来るなんて久しぶりでうれしいんだよ。これで周りの人にもさみしいひとり暮らしって思われずに——って、いけない！　揚げ物の途中だった。入って入って」

慌てて戻っていく紀実ちゃんを追うようになかに入った。部屋は1Kの間取りで、キッチンのそばに小さなテーブルが置かれ、蒲団が敷いてある。壁を埋め尽くすようにアニメのポスターが貼られていて、たくさんの目がこっちを見ている。

「狭い部屋でごめんね。でも家賃はびっくりするほど格安なんだよ。壁の薄さにもびっくりするけどね」

ジュージューという音の正体は唐揚げだった。大皿に山のように盛りつけられ、大食い大会の出場者でも食べきれないほどの量。換気扇では追いつけないほどの香りが漂っている。

小さなテーブルの上はマウンテン唐揚げとご飯とお茶でギュウギュウになった。

「さあ食べよう。いただきます」

大きな口を開けて唐揚げをほおばる横で、唐麻さんも箸を手にしている。これじゃあ夕飯をお呼ばれにきた客みたい。

やっぱり手ぶらで来るべきじゃなかった。普通お見舞いならお菓子とか花とかを持参すべきなのに。

「やっぱりうちで食べる唐揚げは最高。あ、鈴木さんが作るのも美味しいけどね」

ヒヒヒと歯を見せて笑った紀実ちゃんに、おずおずと私も手を合わせた。

唐揚げはたしかに美味しかったけれど、紀実ちゃんのことが気になりすぎて正直味どころではなかった。

食べている間、紀実ちゃんはよくしゃべり笑った。いつもより元気なくらいで、話題は主に夏アニメのことだった。

食べ終わると同時にトイレに駆けこんだ紀実ちゃんは、

「出ちゃうとまたお腹が空くんだよね」

なんて笑っていた。

「あの……風邪はもう大丈夫なの？」

やっと聞きたいことを言えたのは、並んで洗い物をしている時だった。普段から料理をするのだろう、ところ狭しとキッチン道具が並んでいる。

唐麻さんは普段モードに戻り、唐揚げを黙々と食べていた。今は、テレビ台に並ぶフィギアを眺めている。

大皿についた油落としに苦戦しながら紀実ちゃんは「うん」とうなずいた。

「土曜日からは行けるよ。それに日曜日はバーベキューだもんね」

「だな」

フィギアのひとつを手にした唐麻さんがそっけなく答える。

週末は久しぶりに晴れの予報。健太の強い要望により（毎年のことらしいけれど）、店を休みにしてバーベキュー大会をすることにしたそうだ。今日聞いたばかりの情報を、もう知っていることに驚いた。

「胡麦ちゃんの歓迎会も兼ねてるんだから休んじゃダメだからね」

これではどっちが仕事を休んでいるのかわからない。

結局、最後までオーディションの結果については聞けないまま部屋をあとにした。


七夕の日は朝から快晴だった。

SESTAのテラスにバーベキューコンロを広げた鈴木さんが、昼前から腕をふるっている。頭にタオルを巻いてすでに汗だくだ。結んだ長い髪もしっとりしている。

モクモクとあがる煙の向こうで、唐麻さんは膝にガートを抱いたまま海を眺めていた。

初めて会うスタッフも二人いる。奥山さん（推定五十歳）はパート勤務の奥さん、山本さん（推定三十歳）は自営業の傍ら働いている男性だ。どちらも愛想のよい人で、この店の雰囲気に合っている。

佐々木克弥さんは、こういうイベントが苦手とのことで参加していない。勤務で一度入れ替わりになったけれど、彼は挨拶さえ返してくれなかった。

「ねえ鈴木さん、早くステーキ肉を焼いてくださいよ」

紙皿を手に懇願している紀実ちゃんはすっかり元気になった模様。昨日も勤務が一緒だったけれど、以前と変わらずよくしゃべりよく食べていた。

「ステーキ肉は最後に網を変えてからだ。そっちのソーセージでも食っとけ」

ぶっきらぼうに追い払う鈴木さんに紀実ちゃんも負けていない。

「そこをなんとか！」と両手を合わせ食い下がっている。

砂浜も海も空も、本来の色を取り戻したように輝いている。梅雨はまだ続くとしても、日ごと気温があがっていることは額に滲む汗で実感できる。

駐車場では車が一台、またUターンして帰って行く。いつもは店頭に置かれているメニューボードを駐車場の入り口に置いてあるのだ。【本日臨時休業日】の文字の下に、頭を下げた唐麻さんの似顔絵が描いてある。もちろん描いたのは紀実ちゃんだ。

……なんだか夢でも見ているみたい。

少し前まで家に引きこもっていたのに、晴れた日曜日にバーベキューをしているなんて。

でもこうしている間も帆心総合病院では働いている人がいるわけで……。SESTAで働いている時間は頭から追い出せても、ひとりになると火傷のあとみたいにヒリヒリと痛む。罪悪感が消える日があるとしたら、それは私が仕事に復帰する日？　それとも辞めてしまう日のことだろうか。

毎日のようにくり返す自問自答に、もう空の青さえ見られない。

定期的に主治医の診察を受けなくてはならない。とりあえず三カ月間は休むことになっているから、次の診察ではなにも言われないといいな……。

「休憩したら」

「え？」

鈴木さんが自家製のソーセージを並べながら「休憩」と言った。

「いえ、大丈夫です。それより鈴木さんこそ焼いてばかりですよね。代わりますから食べてください」

「はっ」

鈴木さんの顔がぐにゃりとゆがんだ。どうやら笑っているらしかった。

「俺以外にちゃんと焼けるヤツなんていねえよ」

「あ、そうですよね」

「違うよ」とすかさず紀実ちゃんが空っぽになった紙皿を手に割りこんでくる。

「私の唐揚げだって最高なんだから。ね、胡麦ちゃん」

「そうですよ。紀実ちゃんの唐揚げ、一度食べてみてください。美味しくて驚きますから」

ブンブンと首を縦にふる私に鈴木さんは鼻で笑う。

「揚げ物なんて温度調整さえできてれば誰でもできる。しかし、このソーセージを見ろ。パリッとした焼け目だけじゃなく、なかまで程よく火を通すには長年培った技が——」

「いただきまーす」

素早く箸でソーセージをつまんだ紀実ちゃんがダッシュで逃げていった。

「ったくあいつは……」

文句を言いながら鈴木さんは笑みを浮かべている。

こうして話をすることでわかることってあるよね。

唐麻さんが教えてくれた『裸の心』が気負わずに話すことだとしたら、前も今もちゃんとできていない気がする。

ああ、また暗い思考に陥ってるし。唐麻さんの膝の上からガートがじっとこっちを見ている。見透かされたような気分になり、そろりそろりとあとずさり。

窓のそばにいくと屋根のおかげでいくぶん日射しはやわらぐ。そういえば、健太はどこへ行ったのだろう。集合時にいたのはたしかだけど、以降その姿を見ていない。

コンコンとガラスを叩く音が聞こえてふり向くと、

「うわ」

帽子にサングラスにマスク、両手には日焼け防止のカバーをつけた健太らしき人が手招きしているではないか。

びっくりしすぎて開いた口が戻らない。健太らしき人は、マスクを外し、「なにか持ってきて」と大きな声で言っている。

ふり返った鈴木さんがわざとらしく肩を落とした。

「しょうがねえな。じゃあ、これでも持ってってって」

紙皿に焼けたピーマンとカルビ肉などを盛りつけて渡してくれた。

「なにか冷たい飲み物でも持ってきましょうか？」

「バカ言うな。これくらいの暑さでくたばるような――」

とかなんとか吠える鈴木さんに頭を下げ、店内に続くドアを開ける。クーラーの冷気が肌に気持ちがいい。

「みんなちっとも気づいてくれないんだから困っちゃったわ」

カウンターのところで、ようやく健太は装備品を外した。

「ずっとここにいたの？　みんなといればいいのに」

勤務日がほぼ健太と重なったおかげで、最近では気負わずに話ができるようになった。

「そりゃあたしだってみんなといたいわよ。だけど絶対に日に焼けたくないのよ」

「日焼け止めを塗ってるんでしょう？」

「何重にも塗りたくってるに決まってるじゃない。あなたも若いとはいえ気をつけなさい。どんなにあがいても焼けてしまう、それが夏なのよ」

格言めいた口調で言ってるけれどちっとも心に響かない。

渡されたビールを断りペットボトルのお茶を飲んだ。

「あたしピーマン苦手なのよね」

箸でピーマンを小皿の隅に追いやる健太は、この店のママみたいな存在だ。カウンターで飲んでいる姿なんて、まるでスナックにいるみたい。

でも週五日の勤務をこなしているし、私もわからないことは聞けるようになった。はしゃぐ声が聞こえて外に目を向けると、紀実ちゃんが山本さんと大笑いをしている。なぜだろう。前と変わらないのに、紀実ちゃんと距離を感じてしまうのは。

「あの子、またあんなに食べて」

ふり返った健太がボソッと言った。

「でも元気になってよかったよね」

「……それ本気で言ってんの？」

咎めるような口調のあと「失敬」と健太は口に手を当てた。

急な変化に驚くけれど、同時に根拠のない不安が部屋に満ちるのを感じる。

「まあ……そう見えちゃうわよね。あの子はラッピング上手だから」

「ラッピング上手ってどういう意味？」

スツールを鳴らして前に向き直ると、健太は焦げ目がついた玉ねぎを口に放りこんだ。

「どんなプレゼントでもラッピングが美しければそれなりに見えるじゃない？　紀実は昔から自分をよく見せることに必死なの」

ビールをグイとあおった健太が、ため息を壮大にカウンターへこぼした。

「そりゃあ誰だってそういう部分はあると思うのよ。でもあの子の場合は度が過ぎてる。言っても聞かないから放ってるけど、あれじゃあ体がかわいそうよ」

体が？　心じゃなくて？

きょとんとする私に、健太が太い腕を組んで首をかしげた。

「ひょっとして気づいてないの？　恒例行事のことよ」

「あ……！」

その瞬間、すごい衝撃に襲われた。支えていないと転げ落ちてしまいそうで、カウンターを強く両手でつかむ。

食べたあとすぐに紀実ちゃんはトイレに駆けこんでいる。てっきりお通じがよすぎるのだと思っていたけれど……。

「摂食障害ってこと？」

そう言ってからこれじゃ健太に伝わらない、と違う言葉を探した。

「つまり、食事を摂取したあとに嘔吐してるの？」

摂食障害は食事のコントロールができない症状のこと。絶食したり食べたあとに吐いてしまったり、運動をし過ぎたり、人によってさまざまな症状が現れる。

トイレに行くだけじゃない。アパートを訪ねた際に見た大量の唐揚げ。今だってあんなに食べているのに気づかなかったなんて。

看護学校で学び、実習でも受診の様子を見学までさせてもらったのに失念していた。

健太は答えずに新しい缶ビールを開けると、ひと口飲んで顔をしかめた。

「やだ、冷えてない」

「どうしよう……。私、ちっとも理解してなかった」

自分の病気が診断された時にもその可能性があると言われていた。食べられずに眠れない日々はつらくて悲しくて、このまま消えてしまいたいとさえ思っていた。

紀実ちゃんはどれほど孤独なのだろう。どれほど精神的に追いこまれているのだろう。

自分のことに必死なあまり、紀実ちゃんに起きていることに気づいてあげられなかった。視界が揺れたあと、すぐに涙が頬にこぼれ落ちる。それすらも、情けなくて唇を噛んでこらえる。

「まだよ。診断はされてないの」

健太が缶に印刷された文字を間近で眺めたまま言った。

「そりゃあたしも頑固でね、病院に行けって口を酸っぱくして言ってるわよ。だけどあんたと同じであの子も頑固でね、ちっとも聞きやしない」

私が頑固かどうかはどうでもいい。体ごと健太に向くと、嫌そうにのけぞってしまった。

「いつから症状が出ているの？」

「知らないわよ。唐麻さんに聞けばいいじゃない」

「唐麻さんに？」

「そうよ」と言ったあと、健太はひょいと肩をすくめた。

「紀実もポボアードを受けてるのよ。まあ、個人情報だから教えてくれないとは思うけどさ」

その言葉を聞いたとたん、私は転げるように外に飛び出していた。ドアを開けると、鈴木さんの周りにスタッフが集まっていた。ステーキ肉をこれから焼くらしいが、唐麻さんの姿が見えない。

洟（はな）を啜（すす）りながら唐麻さんを捜した。真上にある太陽が波打ち際に佇（たたず）む唐麻さんを照らしている。

砂に足を取られるのも構わず走っていく。

「唐麻さん！」

呼びかけるがまるで無視。仕方がない。

「ポポ……ポポアード」

息も絶え絶えに魔法の呪文を叫ぶと、

「ポポアードをはじめましょうか」

唐麻さんがほほ笑みながらふり向いた。

「紀実ちゃんが……あの——」

言葉が続かずその場に座りこんでしまった。

症状に気づかなかった私になにができるのだろう。紀実ちゃんがしたラッピングに気づかず、私は、私は……。

またこみあげそうになる涙をこらえて海を睨（にら）んだ。

膝（ひざ）を折り曲げ、唐麻さんは私と目の高さを合わせた。前髪が波のように穏やかに風に躍っている。

「胡麦さんが今感じていることは正解じゃないと思います」

ポポアードの時にだけ見せてくれるやさしい表情に息をするのも忘れてしまう。

「でも……紀実ちゃんのこと、なにも気づけなかったんです」

潤む視界を我慢しているせいでうまく話せない。

「診断をするのは医師の仕事でしょう？　胡麦さんは看護師。しかも休職中なんだから気にしなくていいんですよ」

「だけど、だけど……！」

やっぱり涙があふれてきそう。あと少しでこぼれてしまいそうな時、ゆがんだ視界のなかで唐麻さんが言った。

「ポボアードの意味ってわかりますか？」

「……カウンセリング、ではないんですよね」

「そうです。最初に言ったと思うけど、ほかの意味をポルトガルの言葉に翻訳したんです」

「ほかの意味……？」

こんな状況なのに、唐麻さんの話にざわめく心の波が徐々に落ち着いていく。

「わかりません。ポボアードって、どういう意味なんですか？」

体を元の位置に戻し、唐麻さんは風を見るように目を細めた。

「ポボアードの意味は『和解』。話をすることで自分自身と和解してもらいたくてつけたんです」

「和解……」

ポボアードのたびに言われてきた『和解』が、そもそもの意味だったんだ。

砂を払って立ちあがり、唐麻さんがしたように風の行方を探した。

「誰しも自分との和解は難しいことです。僕も実はそうなんです」

「唐麻さんでもですか？」

「残念ながら」と唐麻さんはガッカリしたような顔をした。

「家族を失った日の悲しみは消えません。喪失感は罪悪感に変わり、自分自身を責めてしまうことは今でもあります。『もっとなにかできたんじゃないか』『本当は僕のせいなんじゃないか』って……何年経っても考えてしまいます。きっと、悲しみに時効はないのでしょう」

唐麻さんの両親は亡くなっていると聞いている。自分自身との和解、それは痛みを受け入れることなのかもしれない。

こんな悲しい話なのに、目が合うと唐麻さんは目じりを下げて笑ってくれた。それが強さなのか弱さなのか、私にはまだわからない。

「自分と和解するのが難しくても、同じような苦しみや痛みを持つ人とならわかり合うことができるかもしれない」

「それが裸の心で話すということなんですね」

「時間はかかるかもしれません。それでも相手のことを心から想えば、いつかお互いの心を覆っていた硬い殻が溶けることもあります」

もう、自分にできるかなんて迷わない。

力強い海風が吹き抜けた。波に形をつけながら散っていくのを、私はたしかに見た。

「でさ、健太くんったら『ステーキがない』って激怒してるんだよ。自分はちっとも手伝わなかったくせにね」

紀実ちゃんがおかしそうに肩を揺らして笑う。

ふたりで座る砂浜はさっきより短く、満潮が近いことを教えている。海面はオレンジ色に染まり、目の高さで燃える夕日がきれい。頭上の空には気の早い星が光っていた。

私たち以外、誰の姿も見えない。唐麻さん以外のスタッフは帰ったらしい。

「それにしてもバーベキュー楽しかったね。夏には閉店後にここで花火もするんだよ。絶対に参加しようね」

会がお開きになったあと、紀実ちゃんをここへ連れ出した。紀実ちゃんはずっと話し続け、私は聞き役に徹している。

「胡麦ちゃんは花火は好き？」

「好きだと思うけど、家族でしたことがないから」

「え、マジで？　花火大会とかは？」

「それもない。うち、夜の外出は禁止だったから」

「へえー。けっこう厳しい家なんだね」

目が合うと紀実ちゃんは笑みを浮かべたままうつむいた。

「なにか話したいことがあったんじゃないの？」

「うん」

自分のことを紀実ちゃんには知ってもらいたい。そう思ったから声をかけた。

まぶしい夕日に目を向け、すうと息を吸うと潮の香りがした。

「──私、休職しているの」

「休職？　それって休んでいるってこと？」

「仕事ができなくて叱られてばかりで、実際にミスも多くてね……。夢だった職に就けたはずなのに、どんどん逃げ出したくなっていって……気づいたら、心の病気になっていたの」

「……ふうん」

指先で砂に模様を描く紀実ちゃん。

どこまで、なにを、どんなふうに。前もって話すことを頭で考えるのは止めたんだ。

「ここでポボアードをしてもらって、そのまま働かせてもらえることになって……。すごく救われた気持ちになってる」

もう紀実ちゃんはなにも答えずにうつむいている。

「病気が治るのかはわからないし、仕事に復帰するかも未定。でも、前よりずいぶん元気になれた自分がいるの」

ひょいと顔を覗(のぞ)きこむ私に、紀実ちゃんはギョッとした顔をした。

「近いって」

「紀実ちゃんのおかげだよ。ありがとう」

「わ、私はなんにもしてないし」

せわしなく指先で砂に四角形を何度も描いたあと、紀実ちゃんはチラッと私を見た。

「私も……胡麦ちゃんに会えてよかったと思ってるよ」

頬が赤く見えるのは夕日のせいかもしれないし、日焼けのせいかもしれない。

「胡麦ちゃんが今の仕事をしたいって思ったのはいつのことなの？」

「小学五年生だよ。その日からずっと夢だったの。入職して二年ちょっとで現実とのギャップにやられちゃったけれど」

家出をしたあの夏の日、私は看護師になろうと決意した。今よりももっと蒸し暑くて、入道雲がやけに立体的だったことを覚えている。

「私もそれくらいの時に声優になりたいって思ったんだよ」

「じゃあ同じだね」

「うん」と、言ったあと紀実ちゃんは思い出すように宙を見た。

「同級生の子に『声が特徴的でいいね』って言われたの。隣にいた子が『声優とか向いてるんじゃない』って。まさかそれがきっかけで専門学校にまで通っていること、ふたりは知らないんだろうな」

　私がかつて『友だち』と呼んでいた人たちは今ごろどうしているのだろう。何年も思い出さなかったのに、ふわりと顔が浮かんだ。

　膝を抱えるように座り直した紀実ちゃんが、「でもさ」とため息交じりに言った。

「専門学校での成績がいくらよくても、オーディションで選ばれないとダメなの。このままじゃ卒業してもプロにはなれない。卒業後に事務所預かり期間がもらえる子もいるみたいだけど、それだって審査があるしレッスン料だって高いし」

　堰を切ったように話を続ける紀実ちゃんの長い髪が、動揺を表すように激しく風にあおられている。

「声優と同じくらいダンスやフリートークの授業もあるんだよ。今どきの声優は表に立つことも多いからって。どんなにアフレコがうまくなっても私は選ばれない」

　自嘲するような笑みで紀実ちゃんは私を見た。

「知ってるよね？　食べたらすぐに吐いちゃうこと。唐麻さんも健太くんも心配してくれてるのはわかってる。でも、病院には行けない。受診したら太っちゃうから。全部終わってしまうから」

「紀実ちゃ――」

「オーディション、ダメだったんだ」

　ざぶんざぶん。波の音が急に近くに聞こえた。

「わかってたけど、やっぱりショックが大きくってさあ。なんかもう辞めちゃおうかなって」

人は心から思った言葉をこんなふうにさらりと口にすることがある。悲愴（ひそう）感や強い意志がなくても、本気で紀実ちゃんがそう思っていることが伝わった。

紀実ちゃんが小さな両手で砂を掬（すく）った。

「こんなに苦しいなら辞めてしまいたい。そうすれば好きな物を食べて、いろんな心配をしなくて済むでしょ」

指の隙間からあっけなく砂はこぼれていく。さみしそうに見つめる紀実ちゃんの肩にそっと手を置いた。

私は今、思ったことを口にしようと思う。

「紀実ちゃんが思ったようにしていいんだよ」

「……え？」

ぱちくりと大きくまばたきをしたあと、紀実ちゃんはせわしなく視線をさまよわせた。

「ちょっと待って。それって、辞めてもいいってこと？」

答える前に紀実ちゃんは勢いよく立ちあがった。

「なんでそんなことを言うの？　胡麦ちゃんだけは応援してくれると思ってたのに！」

わなわなと震える足元に、砂がハラハラと涙のように落ちていく。

「やっぱり……」

次に発した声は聞いたことがないほど低かった。

「ほかの人と一緒なんだ。私なんかが声優になんてなれないって思ってるんだ。胡麦ちゃんならわかってくれると思ってたのに！」

体を折って叫ぶ、その小さな手をつかんだ。

「違うよ」

「違わない。離して！」

力ずくで引きはがそうとする紀実ちゃんは、顔を歪ませて泣いていた。

こんな小さな体でひとり戦っていたんだ。だからこそ、この手を離してはいけないと思った。

喚き散らす紀実ちゃんの足をもう片方の手でつかむと、あっけなく砂浜に倒れこんだ。すかさず上に乗り両手をバンザイの形で砂に押しつけた。

燃えるような瞳からあふれる涙は、彼女の悲鳴だと思えた。手をほどこうと激しく体を動かしている。

「どいてよ！　胡麦ちゃんなんて大嫌い。私の気持ちなんて絶対にわからないよ！」

「私は——看護師なの」

「……っ！」

大きく見開いた目から、大粒の涙が頬を伝った。

「小五からの夢だった。でも、父親が医者なせいで子どもの頃から医大に行くことを強要され続けたの」

幼稚園の頃から塾に行かされていた。英会話教室、水泳まで習わされていて休みの日なんて与えられなかった。偏差値がひとつでも下がれば家がこわれるんじゃないかと思うほど叱られた。

「でも……胡麦ちゃんは看護師になれたじゃん」

勢いを失くした言葉にうなずくと、私の髪先が紀実ちゃんの頬をなでた。

「看護師になれたのに、今度は職場でうまく立ち回れなかった。私の名前を呼ぶ人はいつも不機嫌で、いつも怒っていた」

思い出したくない記憶をあえて揺り起こせば、あっという間に涙がこみあげてくる。

「『思ったようにしていいんだよ』ってずっと言われたかった。たとえ嘘だったとしても誰かがそう言ってくれたなら……」

将来の道も仕事での悩みも、誰にもわかってもらえなかった。

「気づいたら病気になっていた。眠れなくて悪いことばかり考えて、家から出られなくなった。真っ暗な世界でうずくまる私を親はそれでも否定し続けてて……でも、その先に紀実ちゃんがいたの」

涙が紀実ちゃんの顔に落ちそうで、手を離して体をずらした。紀実ちゃんはそのままの恰好(かっこう)でぼんやり空を見ている。

「紀実ちゃんの苦しみが少しはわかるから。だから、思ったようにしてほしい。紀実ちゃんが選んだ答えを、私は絶対に応援するから」

私がずっと聞きたかった言葉を、同じように傷ついている紀実ちゃんに贈りたい。

仰向き(あおむ)のまま黙っていた紀実ちゃんが、のそっと上半身を起こした。

「だからって、暴力はダメなんだからね」

「それは……ごめん。自分でもびっくりしてる」

手を伸ばし、砂だらけの髪を指でとかす。その間、紀実ちゃんは長いまつ毛を伏せてじっとしてくれた。

「声優のことはわからないけど、紀実ちゃんの声も顔も体もぜんぶ好きだよ。知り合いだからひいき目に見てしまってるのかもしれないけど」

「後半は余計だし」

頬の砂を払うと、ぶすっとした顔になったあと穏やかな表情を見せてくれた。

「ねえ、紀実ちゃん」

「ん」

「私も自分のことがまだ受け入れられないで悩んでる。それでも紀実ちゃんのことはぜんぶ受け入れたいって本気で思ってるんだよ」

裸の心にはまだなれないけれど、大切な友だちのことはなにがあっても守りたい。この気持ちがどうか伝わりますように。

「声優になるかどうかで悩んでもいい。食べ過ぎて吐いちゃってもいいから……なにがあっても生きていてほしいの」

「生きて……」

眉をひそめた紀実ちゃんが「ぶはっ」とこらえきれない様子で噴き出した。

「私、死ぬなんて言ってないけど」

「あ、そうか」

「ほんと、胡麦ちゃんて変わってるね」

あきれ顔のまま紀実ちゃんが私の横に並ぶと、頭を肩に乗せてくる。

「でも……ちょっとうれしかったよ。アニメみたいにさっぱり解決はしないし、これからも悩んじゃうだろうけどね」

「いつでも聞かせて。そして私の話も同じくらい聞いてね」

「交渉成立だね」

夕日が水平線に吸いこまれていく。

いつか今日のことが笑い話になる日がくればいいな。

「ポボアードって難しいね」

紀実ちゃんが半円になった夕日を見つめたまま言った。

「本当に。それに唐麻さんも難しい。普段はポボアードの時とは別人みたい」

ＳＥＳＴＡの建物をふり返ってみると、テラスに立つ唐麻さんが見えた。この距離では聞こえないだろうけれど、きっとどんな話をしているかは想像がついているだろう。

「あの人は昔からそう。二重人格なんだよ、きっと」

そんなことを言う紀実ちゃんに私も笑ってしまう。

唐麻さんの待つ場所へ向かう間に夕日は消えていた。

砂についた私たちの足跡も、明日には消えているだろう。

# 第三章　その音が聴こえる

梅雨明けが発表されるのと同時にセミが騒ぎ出した。

七月半ばの日曜日。初めてSESTAに来てから三週間が過ぎたことになる。

まかない食を食べたあと、紀実ちゃんは今日もトイレで吐いている。

相変わらず受診はしていないそうだけれど、唐麻さんとのポボアードの回数を増やしたらしい。顔色もいいし少しだけふっくらしてきた——いや、そう見えるだけなのかもしれない。

急遽(きゅうきょ)開催が決まったオーディションに参加するため、トイレから出た紀実ちゃんは挨拶(あいさつ)もそこそこに帰ってしまった。

「がんばらずにがんばる！」と笑顔を残して。

スマホを開くと母からのメッセージが入っている。

【話があります。早く帰ってきなさい。】

テーブルの向こうに座る佐々木克弥さんがチラッとこっちを見た。無意識にため息をこぼしてしまっていたみたい。

克弥さんがどんな表情をしているのか、いつもわからない。ほかの部分に対し前髪がやけに長く、目を隠してしまっているせいだ。長身を小さく見せようとしているような猫背だし、スタッフルームでは常にスマホとにらめっこ。

私たちはふたりでひとりぶんの換算らしく、入れ違いの勤務になることが多かった。営業時間を補えるようにシフトが組まれているのだろう。

これまでに交わした会話はゼロ。挨拶をしても話しかけても軽くあごを動かす程度の反応しかしてくれない。

今日は紀実ちゃんのピンチヒッターとして急遽出勤となったらしく、午後からの勤務がかぶっている。

なにか話しかけたいけれど、無視されるのもつらいし……。

またこぼれそうになるため息を呑みこんだ瞬間、スタッフルームのドアが勢いよく開いた。きっと健太だろう、と目を向けるとエスニックな黄色い花柄のシャツが目に入った。

「こんにちはーっと！」

大きな声とともに見知らぬ女性が入って来た。

肩までのワンレングスの髪は明るい色に染めてある。派手なシャツのなかに胸元の開いた白色のトップス、細身のジーンズに厚底サンダル。年齢は私よりも上だろうけれど、思い浮かんだイメージはただひとつ。

ヤンキーっぽい……。

女性は前髪をかきあげたあと、トマトみたいに赤い唇を開けて笑った。

「こんにちは。突然来ちゃってごめんな。うち、亜梨沙(ありさ)って言うねん」

関西人の元ヤンキー、と加筆修正をしてから会釈した。

「米沢胡麦です」

「こむぎ？　へえ、おもろい名前やなあ。あれ、ササヤキもまだおるんや」

亜梨沙さんがうれしそうに克弥さんを見た途端、彼は席を立ちスタッフルームを出て行ってしまった。

「あいかわらず愛想のないこと」

苦笑したあと、「なあ」と亜梨沙さんが隣の椅子にドスンと腰をおろした。

「うち火曜日から復帰すんねん。一応この店では先輩ってことになるからよろしくな」

ヤンキーは上下関係に厳しいと聞いたことがある。気圧(けお)されながらうなずくと、亜梨沙さんが人差し指を立てた。

「気をつけることはひとつだけ。うち、オトコが苦手やねん」

「オトコ……？」

「男性のことに決まってるやん。カップルでもなんでもオトコがいるテーブルには近寄らへんから代わりにオーダー取ってほしいねん」

なにかトラウマになるような暗い過去があったのかもしれない。男性嫌いになった理由を聞くのもはばかられて神妙な顔でうなずく。

「わかりました」

「その代わり、めんどくさい掃除とかはうちがやるから。ピアノとか特に大変やろ？」

閉店後の清掃でいちばん苦手なのは、フロアの真んなかに鎮座しているグランドピアノを拭く作業だ。毛ばたきでほこりを取ってから濡れた布で周りを拭き、最後は乾いた布で仕上げるという流れ。紀実ちゃんが作ってくれたマニュアルでも数ページにまたがって書かれている。

以前、新堂さんが言っていた通り、ピアノを弾いている人は見たことがない。私の予想では、唐麻さんがプロ並みにピアノが上手いとか……。

「昔は鍵盤部分もキークリーナーって洗剤で掃除してたんやで。さすがにフタを開けへんからやらんようになったけどな」

ガハハと笑う亜梨沙さんはよく見るととても美しい人だった。ひまわりのように人を惹きつける魅力を感じる。

服装やメークはもう少し抑えたほうがいいとは思うけれど。

「ありがとうございます。助かります」

「ほかにも困ったことがあったらうちに言ってな」

ドアが開く音がして、まかない食の載ったトレーを手にした健太が入って来た。

「げ、健太。あんたまだいたんかいな」

「あらぁ、どちらさまだったかしら？」

「はあ!?　あんたの大先輩、一条亜梨沙に決まってるやろ」

　ビシッと広げた右手を健太に当ててるフリをしてツッコミのポーズを取る亜梨沙さん。

「ああ、今年二十九歳になるスタッフが数カ月前までいたわねえ」

「あんただって一歳下なだけやん。ほんま、ええ根性してるな。うちのほうが先輩だってことを忘れててんのとちゃう？」

「バカ言わないでよ。働いては辞めてのくり返しのくせに。トータルの勤務日数で言ったらとっくにあたしのほうが先輩よ」

　トレーをテーブルに置き、健太は澄ました顔で座る。

「関西人にバカは禁句やって何度言ったらわかるんや！　いつ入社したかが肝心なんや」

「何回目の出戻りよ。どうせまた男にでも捨てられたんでしょ」

「だからうちはオトコが大嫌いなんやって！　あんたこそずっとシングルのままやんけ」

「なによ！」

「なんや！」

　睨(にら)み合ったかと思うと同じタイミングでプイとそっぽを向いてしまう。犬猿の仲のように見えるけれど、まるで漫才を見せられた気分。案外このふたり、波長が合うのかもしれない。

　そろそろ休憩が終わる。克弥さんと初めて同じ時間帯で働くことになる。

洗面台で歯を磨いていると、「なあ」と亜梨沙さんが健太に話す声が聞こえた。

「ササヤキ、まだしゃべられへんままなん？」

「克弥はあいかわらず。でも、昔に比べたら会釈とかうなずくことは増えたわよ」

「うちが初めて会った時は、ちょっとはしゃべれてたんやけどなあ」

「ササヤキってあだ名をつけたくらいだものね。この数カ月はまったく声を聞いてないわね」

……しゃべることができない？

言われて気づく。克弥さんの声を一度も聞いたことがない。てっきり無口なだけかと思っていた。

「まあいいんじゃない」と健太の声。

「常連さんは理解してくれているし、初めて来たお客さんでもわかってもらえるように紀実が説明用のメモをラミネートしてくれたから」

「紀実ちゃんはあいかわらず律儀やなあ。早く会いたいわ」

盗み聞きしていると思われないように蛇口をひねって水を出す。

急にこのあとのシフトが心配になってきた。

亜梨沙さんが帰ったあと、女性誌を読みながらまかない食をほおばる健太に近づく。

「ねえ、克弥さんのことなんだけど……」

「聞こえちゃった？　そう言えば勤務が重なるのって珍しいもんね。ていうか、年下なんだから『克弥くん』って呼びなさいよ」

巻頭ページの『夏メークはクールにホットに』という記事を熱心に読みつつ健太が答えた。

「克弥くん、どうしてしゃべることができないの？」

「そういうことは自分で聞くべきよ。人から聞いた言葉にはいろんな添加物がくっついているからね」

「添加物……」

「本来の味を忘れないようにしなくちゃ」

よくわからないままフロアに戻る。日曜日だけあり、なかなかお客さんは途切れていない様子。

唐麻さんもポボアードの予約がひっきりなしに入っているらしく、二階に行ったままで姿を見ていない。

フロアでの克弥くんは想像の何倍もキビキビと動いていた。猫背なのは相変わらずでも、長い足でスムーズにフロアを行き来し、鈴木さんがカウンターに料理を置くのと同時に運んでいる。男性客がグラスを落として中身をぶちまけてしまった時も、そうなることを知っていたかのように秒で片づけに行っていた。

揺れる前髪の間から見える目は切れ長で、高い鼻がよく似合っている。

こんなにイケメンなのに立ち止まると前髪がその表情を隠してしまうのがもったいな

い。

　ランチを運んでいると克弥くんが隣のテーブルでオーダーを取っていた。初めて来た客らしく、克弥くんがテーブルに置いたメモを見てうなずいている。

　そっと覗き見ると、『私はしゃべることができません。ご不便をおかけいたしますがご了承ください。』と書かれてあった。

　お客さんには微笑を浮かべて対応している克弥くん。

　私が話しかけても無視されるのはあいかわらずだったけれど。

　二階へ行くと、唐麻さんがグッタリと天井を仰いでいた。

　十六時で勤務を終えたので挨拶をしに来たのだ。

「お疲れ様です」

「……ああ」

　ぶっきらぼうに答えてから、急に姿勢を正してほほ笑んだ。二階がポポアードの聖地だと思い出したのだろう。

「お疲れ様です。もうあがりの時間でしたね。忙しかったから大変だったでしょう？」

　この二面性についてはすっかり理解できている。フロアにいる時が本当の唐麻さんで、ポポアードをしている時間は違う人を演じているのだろう。

「克弥くんと初めて同じ勤務でしたが、すごく助けてもらいました」

「無口だけど有能。彼がいるとフロアがまとまりますよね」

無口、ということは病気でしゃべれないわけじゃないのだろうか。

「もしよかったら、今からポボアードしましょうか？」

「今日はずっと予約が入ってたからお疲れじゃないですか？」

「ぜんぜん。むしろフロアで接客しなくて済むからありがたいです」

とてもカフェの経営者の発言とは思えない。

唐麻さんが前のソファを手のひらで示すので腰をおろした。夏の空はまだ暮れず、昼間のような光を海へ、砂へと注いでいる。

「亜梨沙さんには会われましたか？」

「休憩の時にご挨拶できました。復帰されるそうですね」

「半年ぶりの復帰です。これだけ間が空いたのは歴代最長記録です」

以前はもっと短い期間で出戻っていたということ？

「亜梨沙さんは激しいけれど素直な方ですよ」

「それはなんとなくわかります。まったく壁を感じさせないのは、きっと関西出身だからでしょうね」

「いえ、彼女は東京出身ですよ」

「え!?」

思いもよらぬ言葉にキョトンとしてしまう。唐麻さんは抑えきれないという感じでクスクスと笑った。

「お笑い好きが高じて何年か関西に住んでいたそうですから、その影響でしょうね。会うたびに関西弁が濃くなっていく気がしています」

「てっきり関西の方だとばかり……」

「亜梨沙さんにはいつも驚かされてばかりです。もうひとつサプライズがありますが、それは直接本人に聞いてください」

ブブブとスマホが震えた。また母からのメッセージが届いたのだろう。私を非難する文字が並んでいるに決まっている。

穏やかな時間に水を差された気分だ。

「心配ごとがあるように見受けられます。なにかあったのですか？」

「なにかあったわけじゃないんですけど……」

ミルでコーヒー豆を挽きながら答える。

「ここで働かせてもらったおかげで外に出ることもできたし、ご飯も食べられるようになりました。夜も眠れているし、仕事も楽しいです」

「病院への受診は？」

「下旬にあります。その時に今後も継続して休むかを話し合うそうです」

挽き終えたミルを渡す。唐麻さんはなめらかな動きでコーヒーを淹れている。

ここで過ごす時間は日に日に特別になっている。居場所がないと思っていた私が見つけた……ううん、見つけてもらった大切な場所。

素の唐麻さんとは逆で、ポポアードをしている時だけは本当の自分が出せる気がしている。

「ご家族との関係について悩まれているのですか？」

鋭い唐麻さんに素直にうなずいた。

「もう悩むことも止めました。最近では諦めの心境です」

すぐに復職するものだと思いこんでいた両親は、毎日のようにハッパをかけてくる。引きこもっていたことによる怒りは、今や外出ばかりしていることへの怒りへと変わっている。

映画やドラマではどんなに揉めてもラストシーンでは和解しハッピーエンドになることが多いけれど、うちの場合はなにが起きてもそうはならないだろう。

「でも……」と、コーヒーを受け取ってから続ける。

「家族が言うことも少しは理解できるんです。医者になるはずの娘が看護師になっただけでも怒り心頭なのに、二年ちょっとで休職。家に引きこもって復職すらも怪しい。これじゃあ文句も言いたくなります」

コーヒーがやけに苦く感じる。

両肘を膝に乗せ、唐麻さんは指を組んだ。まっすぐ見つめる瞳から目線を下げた。

「妹だって同じです。このままじゃ実習に行きにくくなってしまうんです」

「人のことばかりですね」

「え？」

「自分がどう思うかじゃなく、相手がどう思うかばかり気にしている。攻撃される前に防御するクセが抜けないのでしょう」

最近ではこういう指摘にも慣れてきた。唐麻さんの言うことはいつも当たっているから。

「ですよね。言われる気がしていました」

「自分の評価はたとえ家族であったとしても委ねるのはよくないと思います。とは言え、環境が影響するのは仕方ないことです」

真面目な顔で唐麻さんはコーヒーを飲んでいる。

自分の評価を自分だけでしてみたいけれど、あの家にいる限りそれは叶わぬ夢。

——家を出てみるのはどうだろうか。

そんな考えがふわりと頭に浮かんだ。

学生時代から貯めたお金もあるし、家に縛られている理由はない。休職中であったとしても病院に在籍していることに変わりはないから、部屋だって借りられるだろう。

だけど……と、すぐに別の考えが頭をもたげる。親は全力で反対してくるだろうし、押し切る自信もない。

それでも新しい考えが浮かんだだけでもすごい進歩だ。

肩の力が抜けた私を見透かすように唐麻さんも笑みを浮かべている。

「そう言えば、僕たちの名前に共通点があることをご存じでしたか？」

「名前……ですか？」

米沢胡麦と唐麻さん。そう言えば、唐麻さんの下の名前を知らない。

「唐麻さんのお名前はなんて言うのですか？」

「唐麻ですよ」

当たり前のように言ったあと、「ん」と唐麻さんは顔を近づけた。

「ひょっとして唐麻って苗字のほうだと思われていたのですか？」

「あ……すみません。名前のほうだったんですね」

よく考えたらボランティアの契約書に名前が印刷されていた気がする。ああ、自分の働く店なのに名前も知らなかったなんて。一気に頬が熱くなった。

「僕の名前は諸越唐麻です」

「はい」

必死で頭に叩きこむ。諸越唐麻、諸越唐麻……諸越？

「あ、共通点がわかった気がします」

先生の質問に答えるみたいに思わず右手をあげてしまった。

「それじゃあ胡麦さんどうぞ」

ニコニコ笑いながら先生役を買って出る唐麻さんに、私たちの名前を頭に浮かべながら言った。

「私の名前には『米』と『麦』が入っています。唐麻さんの名前には『唐の諸越』、つまり『とうもろこし』のことですね」

「ご名答。米と麦ととうもろこしは主食です。ふたり合わせて三大主食になるのです。まさしくSESTAで働くのにふさわしい名前と言えるでしょう」

単なる偶然だとわかっていてもうれしさがこみあげてくる。こんなふうに笑える自分になれたのもこの店のおかげだろう。

「SESTAという店名はどういう意味があるんですか？」

ものはついで、と気になっていたことを尋ねてみる。

「スペイン語ではシエスタ、ポルトガル語ではセスタと呼ぶんです。ともに『昼寝』とか『昼休憩』という意味を持ちます」

「眠れるくらい落ち着ける場所という意味ですか？」

「近いですね」

唐麻さんが窓の外に目を向けた。

「外国では午後一時から四時くらいまで昼休憩を取ることもあります。おしゃべりに花を咲かせてもいいしどこかへ出かけてもいい。もちろん昼寝だってできる。長い昼休みになにをしてもいいんだよ、という意味をこめてつけました」

なにをしてもいい。その言葉が胸にじわりと広がっていく。

昼休みだけのことじゃなく、長い人生を指しているように思えた。自由にリラックスして好きな道を選んでいい……と言うのは、深読みし過ぎだろうか。

「いい名前ですね」

素直に口にするけれど唐麻さんは「いや」と言葉を濁した。

「そうつけたのはいいけれど、僕がいちばんうまく昼休みを過ごせていないんです」

「私なんて昼休みがあることも知りませんでした」

「それは僕より重症ですね」

おかしそうに笑ってから唐麻さんは祈るように両指を絡めた。

「実はＳＥＳＴＡについては受け売りでしてね。教えてくれた人がいたんですよ」

いた、ということは、今はもういない、とも取れる。

ご両親が亡くなったと聞いているので、どちらかが教えてくれたのだろう。

その瞳には悲しみが揺れていた。

ポボアードが終わり一階のフロアに戻ると、まだ営業時間中なのにすでに閉店後の清掃がはじまっていた。ラストオーダー前にお客さんが引けたのだろう。

健太はテーブルにメニューボードを置いて火曜日のランチを描いている。克弥くんは何かに取り憑かれたようにグランドピアノを磨いていた。

揺れる前髪の隙間から、真剣な瞳が見え隠れしている。

「あら、今終わったのね。お疲れ様」

チョークの色を選びながら健太が言った。

「健太こそお疲れ様。今日はドリンク間違えてごめんなさい」

「気にしてると老けるわよ。あたしこそ後半はなかなかテンションがあがらなくて動きが悪かったわよね」

珍しく甘えた声で言ったかと思うと、次の瞬間には眉間のシワを深くした。

「それもこれも亜梨沙が来たせい。あたしたち、きっと前世で因縁の対決をしたんだと思う。当然、完膚なきまでに叩きのめしてやったに決まってるけど」

本気で思っているらしく、握り締めたチョークが今にも折れてしまいそう。

「健太ってさ、今ひとり暮らしをしてるの？」

「高校を出てからはずっとひとり暮らしよ。まあ、たまに彼氏がいたこともあるの。それなのに亜梨沙は『ずっとシングル』だなんてバカにして」

また興奮し出す健太。ふたりの波長が合うと思ったことは内緒にしておかないと。

「まさか胡麦、ひとり暮らしをするつもり？　だったらいい不動産屋を紹介するわよ」

「ちょっと考えてるだけだから大丈夫だよ」

「いるのよねぇ、そういう人。一生考えるだけで終わっていく悲しい人生ね」

「そ、そんなことない。落ち着いたらちゃんと考える」

「ほらね」と、健太は得意げにあごをあげた。

「落ち着いたら考える、ってのも同じ。落ち着く時なんて一生ないことに気づきなさい。決めたんだったら踏み出さないと。胡麦、この広い世界であんたはまぎれもなく自由なのよ！」

ヘンなスイッチが入ったらしい。舞台俳優のように両手を大きく広げている。

まあ、健太の言っていることもよくわかる。SESTAがなにをしてもいい昼休みなら、寝ているだけじゃもったいない。

「おいで」

急に丸い声になる健太に驚く。

「あんたじゃない。ガートよ」

尻尾を立てたガートが、健太の足の周りをグルグルと回っている。

克弥くんにも挨拶してから帰ろう。彼はまだ熱心にグランドピアノの響板部を拭いている。

「克弥くん、今日は――」

言いかけた私から顔を背け克弥くんは窓辺のテーブルへ逃げてしまった。

ガートと同じく、私と交流を持つ気はないらしい。

水曜日の仕事は初めて一日を通しての勤務だった。

閉店後の清掃は紀実ちゃんがくれたマニュアルのおかげで滞りなく終えることができた。克弥くんはまたグランドピアノばかり拭いていた。

家に着いた瞬間から悪い予感がしていた。

駐車場に父の車があったこと。

玄関のドアを開けると、ちょうど階段を下りてきた紗英が「あーあ」と再び二階へあがっていったこと。

母親からリビングに来るように言われたこと。

そのどれもが私の説教タイムの合図に思えた。

今日はなんのことで怒られるのだろう。ついにSESTAで働いていることがバレたとか……。

疲れた体を引きずりリビングのドアを開けると、テーブルで父と母が同じくらい不機嫌な顔を揃えている。

父の内科は水曜日の午後は休診となる。だからこんなに早く家に帰って来たのか。

「どこに行ってたの？」

母の問いに、本題がSESTAのことだと確信した。なんて説明すればいいのだろう。

思案する間にも母の怒りのレベルはあがったらしく、

「聞いてるの？」

身を乗り出してきた。

「先週なんて月曜日と金曜日しか家にいなかったじゃない」

親に叱られている時間は、ただ早く終わることだけを願って体を小さくしてきた。なのに今、心のなかで反撥心が芽生えている。

『定休日だから仕方なく家にいたんだよ』

『ほかの休みの日も図書館とかで時間をつぶしてる』

言葉にしたなら、ふたりはどんな顔をするのだろう。

ズズッと音を立ててお茶を飲んだあと、父がテーブルの上に雑誌を放り投げるように置いた。月曜日にコンビニでもらった賃貸情報の雑誌だ。

「これはなんだ。お前、家を出ていく気なのか？」

「え……部屋を物色したの？」

部屋のローボードの棚、しかも書類の下に見えないように隠したのに。

父にではなく母に尋ねると、平然とした顔でメガネをかけ直している。

「あなたの様子がおかしいから心配しただけ。物色なんて人聞きの悪いこと言わないで」

「仕事を休んでいるくせになにを考えているんだ」

母に加勢する父。この構図はいつも変わらない。どちらかが私を責めると、もう片方がそれに加勢する。

「だいたい今、働いてないじゃない。そんなんでひとり暮らしなんてできるわけがないでしょう」

「こんなことしているヒマがあるなら、まずは復職することを考えろ」

「病院には連絡を入れてるの？　夏休み明けから紗英の実習がはじまるのにどうするのよ⁉」

「どれだけ恥をかかせれば気が済むんだ！」

そっか……やっぱりふたりは私を心配しているわけじゃないんだ。

昔から期待に応(こた)えようと必死だった。塾も習いごとも、一度たりとも自分のためだと思ったことはなかった。

偏差値があがれば少しは認めてもらえると思ったから。大切にしてくれると思ったから。褒められたかったから。愛を感じたかったから。

リビングのドアが開き、紗英が入って来た。冷蔵庫へ行き麦茶のボトルを取り出すと二階へ戻っていく。

「私のせい、なんだよね」

意図せずポロッと言葉がこぼれた。父は眉(まゆ)をひそめ、母は口を開けたままポカンとしている。

「看護師になるって言った日から、私は家族じゃなくなったんだね」

どんなにひどい言葉を投げられても仕方ないと思っていた。自分の夢を押し通したくせに今では傷病休暇をもらって休んでいる。

それでも、家族だったらいつかはわかってくれるって思っていた。そんな希望はもう捨ててしまおう。

「な、なに言ってるの。今はそんな話してないじゃない！」

「話をごまかすな！」

ヒートアップするふたりと反比例して、心の波は穏やかになっていく。

最初に家族の輪を出ようとしたのはまぎれもなく私のほうだ。親の期待に沿うことができなかったのに、実家でぬくぬくと生活を続けた私のせい。

だとしたらふたりの怒りもわかる気がした。

「ポルトガル語のSESTAって言葉の意味、知ってる？」

「知るわけがないでしょう！　ねえ？」

「知らん」

憮然（ぶぜん）として父は腕を組んだ。

「SESTAって長い昼休みのことを言うんだって。寝ててもいいし、遊んでもいい。なにか違うことをはじめてもいい。なにをしてもいい昼休みのこと」

「それがこの話とどう関係が――」

「家を出ようと思ってるの」

母の言葉を遮るのに勇気はもう、いらなかった。

「先に休憩入らせてもらうわ。復帰戦やからクタクタやねん」

いつの間に頼んだのか、まかないのトレーを手にして亜梨沙さんは言った。

今日は亜梨沙さんと克弥くんという珍しいメンバーで昼のピークを乗り切った。ベテランだけあり、亜梨沙さんの仕事ぶりはすごかった。

関西弁も封印し、服装もモノトーンで統一していて髪だって縛っている。フロア全体の流れを見ながら私や克弥くんに的確に指示を出していた。

ランチタイムも終わりここからは通常メニューに切り替わる。

お釣りが心細くなり、唐麻さんは両替のために銀行に出かけて行った。

亜梨沙さんが休憩に入ったあと、テーブルを片づけている克弥くんに声をかける。

「亜梨沙さん先に休憩に入られました。メニューボードを下げてきますね」

わずかにうなずいた克弥くん。この数日の勤務で反応を示してくれるようになったのは大きな進歩と言えるだろう。

ドアが開き、夏というのに黒色のスーツに身を包んだ中年男性が入店してきた。

「いらっしゃいませ」

カウンター席へ案内してから外へ出る。メニューボードを押さえていた砂袋を撤去しながら、昨日のことがふわりと頭に浮かぶ。

賃貸住宅情報の雑誌については、ごまかすこともできたと思う。友だちの相談に乗っているということにすれば、あそこまで叱られることもなかっただろう。

親が怒れば怒るほど心のなかが静かに研ぎ澄まされていき、真実を口にしてしまった。部屋に戻ってからも親が再び詰問しに来る様子もなかったし、今朝も顔を合わせていない。

ホッとする反面、家を出たい気持ちはより強まっている。

ひとり暮らしに不安がないと言えば嘘になるけれど、自由になる道を切望している。

「長い昼休み、か……」

勤務のあとにポポアードがあるから、唐麻さんに聞いてもらおう。

メニューボードについた砂を払って持ちあげた瞬間、なにか声が聞こえた気がした。テラス席のカップルが店内をこわばった顔で見つめている。

慌てて店内に戻ると、

「ふざけてんのか、って聞いてんだよ！」

ドスの利いた声が飛んできた。

さっき案内した男性客が顔を真っ赤にしてテーブルを叩いた。年齢は四十代だろうか、濡れたように見える髪をうしろになでつけ、威嚇するように眉間に深いシワを作っている。

男性客の斜めうしろでオーダー票を持ったままの克弥くんが立ち尽くしていた。

「なんだよこれ」と、克弥くんが常備しているメモをはたいた。紀実ちゃんが作ったラミネートが足元に落ちる。

『私はしゃべることができません。ご不便をおかけいたしますがご了承ください。』

文字まで悲しがっているように見えた。

「話せなくても『はい』か『いいえ』くらいは答えられるだろうが！」

克弥くんの蒼白な顔が見えた。唇が震え、ギュッと目をつむってしまっている。

「お客様、申し訳ありません。どうかされましたか？」

克弥くんの隣に立つと、男性客は「あ？」とにらみつけたあと、頭の天辺から足の爪先まで確認するように見てくる。

「いや、こいつが返事しねーからさ」

「大変申し訳ありません。私が代わりにお伺いします」

手にしたメニューボードを克弥くんに差し出すけれど、聞こえていないらしく微動だにしない。

「克弥くん」

背中のあたりをそっと叩くとビクンと体を震わせたあと、浅くて速い呼吸を何度もし出した。

「なにかあったら呼びますから、休憩に入ってください」

ひとりでは厳しいかもしれないが、そのうちに唐麻さんが戻ってきてくれるだろう。

克弥くんは男性客に深く一礼し、足早に去っていった。メニューボードを脇に置き、私も男性客に頭を下げた。

「なんであんなヤツがここで働いてるわけ？」

怒りが収まらない男性客が鋭い視線を投げてきた。椅子にもたれるように座り、足を大きく組んでいる。

「ご不快な思いをさせてしまい申し訳ありませんでした」

限定的謝罪は、事実ではなく不快な思いをさせたことについて謝る技術。働いていた病院でもクレーム対応については何度も学んできたから身についている。

それに怒りを向けられることには慣れているから。

「客の質問に答えないってどういう神経してんの？　バカにしてんのか⁉」

「質問をされたのにお答えしなかったのですね」

「そうだよ。こんなメモ見せられても納得いかねえ。うなずくくらいはできるだろうが！」

「こちらのメモを見せられたのですね。たしかに返事をすることはできたと思います」

相手の言うことを反復して同調できる部分を探るだけでも、怒りのボルテージを下げる効果がある。

「そういうこと。俺だってこんなふうに怒鳴りたくないわけ」

たしかに男性客の怒りはピークを越えたように感じた。気になるのは、さっき以上に私の体をなめるように見てくること。

頭を下げながら周りのテーブルをさりげなく確認した。窓辺の席のカップルは固唾(かたず)を呑んで見守っていて、グランドピアノのそばのテーブルにつく女性客ふたりはヒソヒソ話をしている。

「失礼ですが、お客様はどのような質問をされたのですか？」

男性客に向き直る。毅然としつつ申し訳なさも顔に添える。

「じゃああんたが代わりに答えろよ」

片肘をテーブルに乗せた客が私に顔を近づけた。

「この店にアシラって女、働いてるだろ？」

「え……」

「アシラって言ってんのが聞こえねえのかよ！」

いけない。怒りが再燃し出している。

「アシラ、ですね」反芻しつつ、目線を合わせるように片膝をつく。

「申し訳ありませんが、従業員につきましては個人情報のためお答えすることができません」

「おい！」

「ただ、ひとつ言えることは、私がそのお名前を耳にするのは初めてのことです」

「……嘘じゃねえよな？」

「はい」

アシラという名からして外国の人なのだろう。外国料理をよく提供しているカフェだから働いていると思ったのかもしれない。

怖くてたまらない気持ちをこらえてまっすぐ視線を合わす。三秒ほど見つめ合ったのち、男性客が先に目を逸らせた。

「じゃあいいわ。ランチひとつ、急ぎで」

「ランチのラストオーダーは過ぎておりまして——」

「ああんっ⁉」

これは困った。ラストオーダーは午後一時半。壁の時計は二時十分を示している。

「てめえ、ふざけてんのかよ！」

「ふざけてない」

急に声がしてふり向くと、いつの間に戻って来たのか唐麻さんが立っていた。

銀行から戻って来たのだろう、片手に両替に使うポーチを持っている。ホッとするのと同時に、唐麻さんの表情を見て嫌な予感がした。

「ランチの提供時間は終わっている」

ああ……完全なる通常モードだ。

男性客の顔が見る見るうちにまた真っ赤に染まっていく。

「ちょっと過ぎたくらいでエラそうに言いやがって！　俺は客だぞ！」

「あの、唐麻さん……」

間に入ろうとする私を片手で押しのけると、唐麻さんは男性客に近づいた。

「客を選ぶのは店だ。文句があるなら帰れ」

「この野郎！」

椅子を倒して立ちあがる男性客が唐麻さんの胸倉をつかんだ。

最悪の状況になってしまった。

「殴りたければ殴れよ」

これ以上騒ぎを大きくしたくないのに、挑発してどうするの⁉

あたふたしていると、唐麻さんが女性客のほうに顔を向けた。

「録画があればいつでも訴えられる」

女性客の片方がスマホをこっちに向けている。窓辺のカップルも慌ててスマホを取り出していた。

あ……スタッフルームのドアの間から克弥くんが見えた。心配そうな表情でこっちを見ているのがわかった。

私もなにか言わなくちゃ。不安をこらえて辺りを見回した。

「あ、あの！」

睨み合うふたりに声をかけた。

「天井にも防犯カメラがあります！」

男性客がチラッと天井を見てその目を見開いた。

「だから、お願いです。手を離してください！」

「……マジか」

想像以上の効果があったらしく、男性客は乱暴に手を離し出て行った。

……よかった。胸をなでおろした次の瞬間、唐麻さんが首をかしげた。

再び嫌な予感が生まれるなか、唐麻さんは言った。

「うちにカメラなんてないぞ。天井のあれはスプリンクラーだろ？」

と。

閉店後の片づけは、疲労感とともに。

プールではしゃいだあとのように体が重く、頭もうまく働かない。亜梨沙さんは十七時までの勤務で、時間になると急いで帰ってしまった。

テーブルをきれいに拭いてから消毒をする。床に掃除機をかけてから乾拭きをする。テラス席や窓ガラスにも砂がつくので毎日掃除しなくてはならない。

克弥くんは掃除のほとんどの時間を使いグランドピアノを拭いている。

「はあ」

ため息が出てしまう。結局あの騒動は、男性客が店を出て行ったことで終わりを迎えた。唐麻さんはほかの客のもとへ行き『撮影した動画を消して』なんて指示していた。

「なんか、変わった人ばっかり……」

御多分に漏れず、私もきっとそのひとりなのだろう。

店内に戻ると唐麻さんがトイレ掃除の用具を手に歩いている。さすがに手伝ってくれているのだろうか。

明日はこの店は定休日。明後日のランチメニューをメニューボードに書かなくてはならない。

嫌だ。絵の才能はない。違う、絵の才能もない。

疲れのせいで思考も途切れ途切れになっているようだ。

「克弥くん。メニューのイラストを描くことってできるかな？」

期待せずに声をかけた。グランドピアノ全体をチェックするように眺めたあと、掃除道具を手に克弥くんが歩いてきた。

胸ポケットにしまってあるメモ帳を取り出しなにか書くと、私に見せてきた。

『やります』

メモ帳の中央に小さく書いてある丁寧な文字。

初めて反応してくれた……。

「あ……うん。よろしくお願いします。明後日のメニューは『アラビアータ』。へえ、パスタなんだね」

『アラビアータを直訳すると「怒っている」という意味です』

スラスラと書いては見せてくる克弥くんに「へえ」と笑う。驚いた顔を見せてしまったら元にもどってしまいそうで。

「怒っているなんて昼間のお客さんを連想させるね」

ああ、つい余計なことを言ってしまった。

「そ、そうじゃなくって、なんていうか……大変だったよね」

『今日はありがとうございました』

文字を書く克弥くんの指は、長細くて美しい。一瞬だけメモ帳を見せたあと、照れたように克弥くんはうつむいてしまった。

「私なんて全然……。唐麻さんの暴走には驚いたけど」

『僕も初めて見ました』

「唐麻さんってたまに性格が変わるよね」

『ポボアードの時間にだけ別人格が降臨します』

クスッと笑ってしまった。克弥くんもそう思っていたんだ。

コミュニケーションをメモ帳に頼っているせいか、文字を書くスピードが速いし、漢字もよく知っている。『降臨』なんてとっさに書ける自信、私にはない。

メモ帳を見せてくる克弥くんの表情が穏やかだ。ああ、よかった……。

ホッとしているとまたしても唐麻さんが音もなくそばに立っていた。

「告白でもしてんのか？」

「やめてくださいよ。唐麻さんの悪口を言ってただけです」

「は？　仕事中にする話か。時給から引いとくからな」

ちょっと待って。『は？』はこっちの台詞だ。

「そもそも給料をもらってませんけど？」

しまったと苦い表情になった唐麻さんに、「それに」と続けた。

「ポボアードだって毎回してくれる約束ですよね？　平均すると二回に一回くらいしかしてくれていません」

「俺だって忙しいんだよ。そんなに怒るなよ」

「唐麻さんが怒らせているんです！」

こんなふうに思ったことをズバズバ言うのは久しぶりのこと。らしくなさすぎて笑ってしまう。

『僕も最近ポボアードしてもらってません』

メモ帳を印籠のように掲げる克弥くんに、唐麻さんの顔は渋柿でも食べたようになっている。

はあ、とため息をついた唐麻さんが私と克弥くんを交互に見てから、チョイチョイと手招きをしながらカウンターへ進む。

カウンターの内側に回った唐麻さんが急にニッコリと笑った。

「今から克弥くんのポボアードをします。胡麦さんは隣で見学してください」

「え、見学？」

「人がしているのを見るのも勉強になりますから。って、まずは克弥くんに了解を得ないといけませんね」

『僕はかまいません』

メモ帳に書くのを確認すると、唐麻さんは目の前の席を指さした。

「じゃあはじめましょう。コーヒー……あ、克弥くんはコーヒーも紅茶もダメですね。じゃあノンアルのカクテルでも作ります」

現役高校生にノンアルコールとは言えカクテルを出すのもどうかと思うが、克弥くんはこくりとうなずいている。スツールに座ると克弥くんがメモ帳になにか書き出した。

『イギリスではノンアルコールカクテルのことをモクテルと呼ぶそうです』

私に見えるようにメモ帳をずらしてくれた。

「モクテルのテルはカクテルのことだよね。モクってなんだろう？」

『MOCKからつけられています。「似ている」という意味だそうです』

「へえ、そうなんだね」

こんなに近くで克弥くんを見たのは初めてだ。高身長なので下から見あげる恰好になる。前髪の奥にある目がはっきりと見えた。切れ長の目の奥に、唐麻さんが時折見せるような悲しみが存在している気がした。

健太は別としても、紀実ちゃんだって同じだ。この店で働くスタッフは、みんななにかを抱えているのかもしれない。私も含めて。

それぞれの前に細長いグラスが置かれた。サクランボのような色の液体から炭酸の弾ける音が心地いい。半月形のレモンがグラスの縁に飾られてある。

「シャーリーテンプルと呼ばれるノンアルコールカクテルです」

　ポボアードの時に唐麻さんの人格が変わることについては、私なりの解釈がある。きっとそれくらい、このポボアードに全身全霊を注いでいる表れなのだろう。

　口に運ぶと、酸味のある果実の甘さとハーブのようなアクセントが広がった。

『グレナデンシロップとジンジャエールで作ったカクテルです』と、克弥くんが説明をしてくれた。

「詳しいんだね。私カクテルのことはさっぱりなんだよね」

　グレナデンがなにかもわからない。

「克弥くんの抱える問題について、僕のほうから胡麦さんに説明してもいいですか？」

　唐麻さんが克弥くんに尋ねた。人のポボアードを見学するなんて緊張してしまう。躊躇なくうなずいた克弥くんに少し驚いた。私だったら、いくら同僚と言っても自分の事情を話すなんてできない。

　自分のぶんのグラスを手にした唐麻さんが乾杯よろしくグラスを傾けてから口を開いた。

「克弥くんはひとりっ子です。中学三年生の時にご両親が離婚され、克弥くんは母親と家を出ました」

「えっ」

そこまで言うの？　思わず声を出してしまう私に「胡麦さん」と唐麻さんが笑顔でたしなめてきた。黙って聞きましょう、ということだろう。

「母親と暮らしてからは、抱いていた夢をあきらめることになりました。生きる希望がなくなり、学校も休みがちになった。高校にはなんとか進学しましたが、ほとんど通えていない状況です」

そっか、高校に通えていないから昼間の時間帯でもバイトに入れたんだ。

グラスを口に当てると、カクテルはさっきよりも少しだけ酸っぱく感じた。

「最近はどうですか？」

やさしい笑みで尋ねると、克弥くんはメモ帳にペンを走らせた。

『まだ父親の夢を見ます。そのたびに震えながら目が覚めます』

震えるほど恐ろしいトラウマが父親との間であったのだろうか。離婚の原因にもなにか関係しているのかもしれない。

続いてペンを走らせる手元をじっと眺めた。

『母親ともうまくいっていません。病院の予約もしてくれるのですが、行く気になれなくて……』

彼も病院で受診しなくてはならないんだ。それはつまり……。

身を乗り出す私に、唐麻さんが困った顔をした。

「見学をしていただきたかったのですが、どうやら無理みたいですね」

「いえ、そんなことは……。ただ少し質問したいことがありまして……」

チラッと克弥くんの横顔を見ると、意外にもうなずいてくれている。

『いいですよ』

「え、いいの？」

「代わりに僕が答えましょう。まず、ご両親の離婚についてですよね」

さすがは唐麻さんだ。口にしなくても私が聞きたいことがわかるなんて。

「克弥くんの父親は個人経営の会計士だそうです。自宅で開業しているので家にいる時間が多く、そのぶん克弥くんの教育にも厳しかった。体罰も辞さない方針で、抑圧に耐えられなくなった克弥くんは声を出せなくなっていったそうです」

「……じゃあ、元々は話せていたんですね」

克弥くんの書いた『昔はおしゃべりなほうでした』の文字に胸が痛い。そういえば、数カ月前までは少しはしゃべっていたと聞いている。違う、あれは盗み聞きしたんだった。

それでも、声が出せなくなるほど追いつめられるなんてよっぽどのことだ。

「高校受験が近づくにつれ、事態は深刻化していきました。受験する高校も勝手に決められ、夢をかなえるための時間さえもらえなくなった。そんななか、どんどん声が出なくなって学校にも通えなくなってしまったんです。克弥くんへの暴力はひどくなり、ついに母親と家を出てアパートで暮らしはじめた。最後はお互いに代理人を立て、協議離婚となりました」

　これで終わり、と言うようにグラスの中身を一気にあおる唐麻さん。克弥くんはじっと自分の手元を見つめている。

「どんな夢を見るのか教えてもらってもいい？」

　質問をしている途中で克弥くんはメモを走らせた。

『殴られる夢です。逃げても逃げても追いかけてきて、最後は捕まってしまい、また殴られます』

　乱れた文字が克弥くんの動揺を表している。

　うちも両親揃って厳しいけれど、暴力をふるうほどじゃない。

「どうしてお母さんともうまくいってないの？　家から連れ出してくれたんだよね？」

『逆恨みです』

「逆恨み……」

　克弥くんがメモ帳に長い文章を綴っていく。書き終わると、私の前にメモ帳をそっと置いた。

『僕が殴られている間、母親はなにもしてくれませんでした。あまりにひどい時だけは止めてくれましたが、基本は見て見ぬフリ。実際に暴力をふるったのは父親だけでしたが、僕はふたりに殴られて育ったと思っています』

　次のページにも文字が並んでいる。

『実家を出た時点で夢はあきらめるしかありませんでした。今さら声が出てもうれしくなんかない。だから病院にも行けず、かばってくれなかった母親への恨みもひどくなっています』

「そうだったんだ……」

こんなつらい話を私にしてくれた克弥くんになにか言ってあげたい。だけど、そのこと自体が同情しているようで、なにも言えない。

「胡麦さん」

唐麻さんの声にゆるゆると顔をあげると、真剣な顔で私を見つめている。

「あなただからこそ克弥くんに言えることはあると思うのですが、いかがですか？」

「あ……」

乾いた声がこぼれ、キュッと唇を噛んで押し黙る。

深い事情を知らない私に言えることなんてない。どんなアドバイスも夏の砂浜の通り雨のように染みることなく蒸発してしまうだろう。

『僕は』と克弥くんが私に見えるように文字を書いた。

『胡麦さんの意見を聞かせてほしいです』

「私は……そんな、言えることなんてあまりなくって」

首を横にふると、なぜか家族の顔が浮かんだ。どの顔も私を責めるように厳しい表情を浮かべている。

　ふたりの視線を感じながら口を開いた。

「私は看護師になるという夢をかなえることができた。だけど、今じゃ病気で休んでいる。贅沢な悩みなんです」

　そう、贅沢なんだ。夢をあきらめざるを得なかった克弥くんに言えることなんてなにもない。

『どうして看護師になりたかったのですか？』

　メモ帳の文字を見たとたん、ふわっと過去の光景が頭に浮かんだ。以前、唐麻さんに同じ質問をされた時はごまかしてしまったけれど、本当のことを言ってもいいのかもしれない。

「すごく昔の話なんだけど……小学校五年生の夏休みに家出をしたの」

　克弥くんが興味深そうに私を見つめている。

「自転車で海を目指したのを覚えてて――」

　暑い日射しが痛いほど照りつけていた。雑木林からセミの大合唱が響いていて、まるで私を阻止しているように思えた。それでも必死にペダルを漕いだ。

「もうすぐ海というところで、うしろから来た軽トラックに撥ねられそうになったの。ぶつかることはなかったけど、思いっきりこけてしまって膝をケガしてしまった。その時に助けてくれたのが、たまたま通りかかった女性だった。看護師をしているというその女性は、消毒をして絆創膏を貼ってくれたの」

一旦言葉を区切り、ゆっくり首を横にふった。

「処置をしながら彼女が語ってくれた看護師という仕事に感銘を受けた。その看護師さん、オムライスまで作ってくれたんだよ。すごく美味しかったのを覚えてるの」

人生が一瞬で変わったような感覚は、あとにも先にもあの時だけだった。看護師になることこそが私が生まれた意味だと思った。

「医者にしたかった親は猛反対し、だけど今じゃ『早く看護師の仕事に戻れ』ってそればかり。親の気持ちもわかるけど、今、看護師に戻りたいかと聞かれれば違うと思うし――」

そこまで言って口を閉ざした。これじゃあ私のポボアードをしているみたいだ。

克弥くんがまたメモを見せて来た。

『夢がかなったあとに変わることもありますよ』

克弥くんのほうが追いつめられているのに、私なんかを気遣ってくれている。克弥くんはやさしいだけじゃなく強い人だと心から思えた。

「ふたりは似てると思います」

唐麻さんが私たちの顔を交互に見て言う。

「胡麦さんが看護師になりたいと思った理由を詳しく話してくれたのは今日がはじめてのことです。克弥くんにいたっては、どんな夢があるのかも教えてくれないまま。ポボアードを続けることで、内面に溜まった膿を出してもらえればうれしく思います」

もう克弥くんはいつものように猫背になりテーブルとにらめっこをしている。

「唐麻さんの言うこともわかりますが、なかなか言えないですよ。私の場合、そういう思い出を話してしまうと、いかに今の自分が情けないかを再確認してしまうから」

『僕もです。唐麻さんが当ててください』

掩護射撃のメモを見せた克弥くんと目を見合わせてうなずく。

「そうですよ。唐麻さんのアドバイスがほしいです」

「なるほど。ふたりはチームを結成したというわけですね」

おもしろがるように目じりを下げたあと、唐麻さんは人差し指を立てた。これは英語で喩えを言う流れかもしれない。

「今のふたりに言えることは die like a dog です」

やっぱりそうだった。

「die って『死ぬ』という意味ですよね？　犬のように死ぬ、ってどういうことですか？」

「意味は『惨めに死ぬ』ということです」

さらりと言ってのけるので目を白黒させてしまった。

「驚くのも無理はありません。なぜ犬をそんな喩えに使ったのかが納得できませんから」

「そっちじゃありません。意味が問題なんです」

「どうしてですか？」

キョトンとした顔の唐麻さんは、自分がいかに失礼なことを言ったのかを理解していない様子。心配になり克弥くんを見ると、die like a dog と丁寧にメモしていた。

やっぱりここのスタッフは唐麻さんを筆頭にみんなどこか変わっている。

「過去があったから今の自分がいるんです。ふたりがこれまで感じたことを包み隠さず話してくれないと、溜まった膿はいつか心を侵食するでしょう。その先には惨めな死が待っているのです」

とても医者の言うこととは思えない。憤慨する私の横で克弥くんは深くうなずいている。

『少しだけわかります。夢が僕を病気にしているんです。学校に行けなくなり声も出なくなって、母親との関係も悪くしている』

本当は違うと言いたかった。だけど、想いを言葉にすれば波風が立ちそうで。

「そろそろ克弥くんのあきらめた夢を教えてほしいな。解決の糸口が見つかるはずなんですよ」

唐麻さんの言葉に、克弥くんは視線をさまよわせた。

『僕の口からは言えません。言いたくないんです』

さっきよりも小さな文字で彼は訴えた。

膠着（こうちゃく）状態のなか、唐麻さんが体の力を抜くのが分かった。

「それでは今日はここまでにしましょう。たまには三人で話すのもいいですね。胡麦さんのポポアードは次回の出勤の時に必ずしますから」

機械的にうなずきながら、お腹のなかにモヤッとしたものが渦巻いている。

家を出ていくことを宣言してから部屋探しをしているけれど、金銭的な不安は募るばかり。克弥くんも両親が離婚して母親と家を出たなら、以前のように生活は安定していないのかもしれない。夢をあきらめざるを得なかったのはそういう事情があって……。

「あ、もしかしてわかったかもしれない」

唐麻さんは「まさか」と笑ったあと、「まさか？」と言い直した。

「違うかもしれないけど、当ててみてもいい？」

克弥くんに尋ねた。前髪の間から見える瞳が期待しているように輝いた。というのは私の思い過ごしだろうか。

「克弥くんの夢はピアニストなんじゃないかな？」

反応は見られない。ペンを握ろうとする指が途中で止まった。

「元々の家にピアノがあった。ピアノを弾くのが好きで、いつかプロになりたかった。だけど、今の家にピアノはない。習う余裕もなくてあきらめるしかなかった」

しんとした沈黙が訪れた。やがて克弥くんは小さくうなずく。

「え、待ってください。本当にそうなのですか？」

信じられない、とでも言いたそうに克弥くんに顔を近づける唐麻さん。

「だったら言ってくださいよ。この店にグランドピアノがあるじゃないですか」

「たぶん弾けないんです。弾く自信がもうないんですよ。ね？」

私だってそうだ。一度離れてしまえば元に戻る自信なんて消え失せてしまうから。

苦しそうに顔を歪ませて、克弥くんが文字をつないだ。

『もう夢を持ちたくないんです。一度弾いてしまったら、また追い求めてしまうから』

ハッとした顔をした克弥くんがペン先を動かし文字を消してしまった。どんなに消してもなにを書いたのかはわかってしまう。

スツールを降りた克弥くんが足早にスタッフルームへ歩いていく。

今日はここまで、ということだろう。

「あーあ。俺が当てたかったのに」

あきれたような声の唐麻さんはポボアードの状態を終えたらしく、乱暴にカウンターのグラスを回収してしまった。

「唐麻さん。あのグランドピアノってまだ使えるんですか？」

「あれは俺の宝物みたいなものだから」

そう言ったあと、唐麻さんはあごに手を当てた。

「今のは嘘だ。調律だって何年もしてないし、ただの飾り物ってとこだ」

「克弥くん、大丈夫でしょうか？」

「大丈夫だろ。まあでも、いいポボアードだったなあ」

自分を褒めるようにうなずいている。

克弥くんの夢がわかった今、私にできることがあるとすればひとつだけ。

「唐麻さん、お願いがあるのですが」

唐麻さんは苦虫を嚙み潰したような顔になった。


克弥くんは今日もピアノを磨いている。

休み明けの土曜日は雨。そのせいかいつもより早めに閉店することとなった。

閉店時間で勤務を終えた健太がフロアに顔を見せた。チェックの柄シャツはピンク色がベースで目がチカチカする。胸元には大きなシルバーのペンダントをぶら下げていて、両手の指の何本かにシルバーの指輪が光っている。短すぎるエナメルのパンツに赤いサンダルが目立っている。

「私服の趣味が亜梨沙さんっぽいよね」

「やめてよね！　あんなのと一緒にしないでよ！」

本気で怒るところがかわいらしい。亜梨沙さんに言ってもきっと同じ反応が返ってくるのだろう。

「だってすごく派手だもん。これからデートとか？」

「は？　これのどこが派手なのよ」

眉をひそめたあと健太は「あ」と手を打った。

「そう言えばあんたに言ってなかったわよね。あたし、これから出勤なの」

「出勤？　副業をしているの？」

ダブルワークをしているとは思っていなかった。営業日はほとんど出勤しているのに、さらに働くなんてすごい。

「こっちが副業なの。幸いうちって副業が認められてるじゃない？」

「……ん？　うちってどういうこと？」

こっちが副業なのだとしたら、認めているのは本業のほうだ。どこに勤めているか知る由もない私にわかるわけがない。

「あたし、看護師なの」

「え⁉」

「胡麦と同じ帆心病院の夜勤専属の看護師なのよ。といっても外科病棟だけど。ちなみに集会や研修で胡麦のことは何度か見かけてたわよ」

「ええっ‼」

「そうそう、こないだ紀実の件の時にも思ったんだけど、あんた普段から医療用語を使いすぎだから。『嘔吐（おうと）』はわかるにしても、『摂取』なんて普通は使わない言葉だから気をつけなさい。あ、遅れちゃう。じゃあね！」

慌ただしく出ていく健太をぽかんとして見送る。

「嘘でしょう。全然知らなかった……」

なんて世間は狭いのだろう。まさか同じ病院で働く人がこんなに近くにいたなんて……。

ドキドキする胸を押さえて深呼吸をくり返した。バイタルが――違う、血圧があがっていそうだけど、それよりも克弥くんに話をしなくては。

克弥くんはグランドピアノの足の部分を拭いていたが、私に気づくと立ちあがった。

「あのね」と近づく。

「朝から気になっていたんだけど、前髪を切ったよね？」

あんなに長かった前髪が眉の上あたりで、無造作に散らしてセットしてある。直線に近い眉が、彼の目をやさしく見せていた。

克弥くんは当たり前のようにうなずいているけれど、耳が真っ赤に染まっている。

「お世辞じゃなくてすごく似合ってるよ。それでね――」

本題に入ろうと口を開くと、克弥くんはメモ帳にペンを走らせた。

『僕も朝から気になっていたんです』

口をへの字に結んでいる。

「うん」

『誰かがピアノを触ったみたいです。位置がずれているし指紋がいくつかついていました』

よほど気に入らないのだろう、走り書きした文字が不機嫌さを訴えていた。

「実は、昨日ピアノを触ったの」

キョトンとしたあと克弥くんが私を小さく指さしたので首を横にふった。

「私じゃないよ。唐麻さんにお願いしてピアノの調律をしてもらったの。調律師さんが調整してくれたんだよ」

そう言ってから「もちろん」とすぐにつけ加えた。

「弾いてほしいなんて言うつもりはないよ。ただこのピアノ、ずっとここに置き去りのままじゃかわいそうだと思って……」

様子を窺(うかが)うも、さっきから克弥くんは微動だにしない。

余計なことをしたと思われても仕方ないだろう。

「今のは半分は嘘です。ごめんなさい。本当は克弥くんに弾いてもらいたくてお願いしたの」

ああ、やっぱり克弥くんの表情が怒りに変わっている。

嘘でごまかせばよかったのに、ここで働き出してから本音がポロポロこぼれるようになっている。

「いつも大切そうにピアノを磨いていたでしょう？　嫌いになったわけじゃないんだよね？」

愛があるからこそ、あんなに必死になって掃除をしていた。だけど、克弥くんはなにも答えてくれない。

「唐麻さんが閉店後や定休日はピアノを使ってくれていい、って許可してくれたの」

こらえきれないように克弥くんは乱暴にペンを動かした。

『やっとあきらめたのにひどすぎます！』

初めて見たビックリマーク。ほかの文字の何倍もの大きさで書かれた記号が彼の怒りの大きさを示している。

「私もそうだったから……。でもあきらめきれなかった。どうしても看護師になりたかったの」

『今は休んでるじゃないですか』

「夢をかなえられたのにね。戻るかと聞かれたら、まだ答えは出ない。でも、夢がかなったあとに変わることもある、って言ってくれたよね？」

言葉に詰まったのだろう、口をギュッとすぼめたあと克弥くんはペンを握り締めた。長くて美しい指がピアノを弾きたがっているように思えるのは、私の気のせいだろうか。

『何年も練習できてない。指だって動かない。夢なんて見たくない』

強い筆圧でそう書かれてあった。

「私も何度もあきらめた。だけどあきらめきれないから心が痛いの」

『知らないくせに。なんにも知らないくせに！』

目を真っ赤にして書きなぐる克弥くんは、これまでどれほどの重圧を感じてきたのだろう。大好きだったピアノを取りあげられ、夢を口にすることができなくなり自分の殻に閉じこもってしまった。苦しい気持ちが彼の言葉も奪ってしまったんだ……。

「理解はできなくても、克弥くんに寄り添いたいって思ってるの」

『放っておいてください』

どんどん短くなる文章に胸が痛くなる。わかることは、ここで泣くのは違うということ。

同情じゃなく克弥くんの痛みを理解したかった。

はあはあ、と荒い息を吐いたあと克弥くんは背中を向けてしまった。丸まった背中が私への拒否を示している。

「……ごめんなさい」

頭を下げた。

克弥くんの痛みも知らずに余計なことをしてしまった。

「お疲れ様でした」

今日はもう帰ろう。歩き出そうとした瞬間、克弥くんがゆっくりと私を見た。右の瞳から涙がひと筋こぼれていた。

「克弥くん……」

ダメだと思ってももう遅かった。こらえきれずに涙があふれてくる。

うつむく私に克弥くんはメモを見せてきた。

『まだ弾けるかどうかはわからない』

「うん……」

『正直に言うと、弾くのが怖いんです』

「うん、うん……」

手で涙を拭(ぬぐ)って答えた。

『でも、僕のことを考えてくれてありがとう』

克弥くんはなにかを決心したようにグランドピアノの前に行くと、椅子に腰をおろした。椅子の高さや位置を細かく調整したあと、ペダルを何度も踏んで確認をする。そして、鍵盤(けんばん)の蓋(ふた)をそっと開けた。

丸まっていた背中がスッと伸びた。

大きく息を吐いた克弥くんが、涙をこぼしながら鍵盤に指を置いた。

弾いた音はたった一音。『ソ』の音だった。大きく長く響く音が、フロアを満たしていくようだ。

今はたった一音でもいい。

いつか彼が音楽を奏でられる日がくればいいな。そう思った。

# 第四章　君のための星空

月島さんの顔はもう思い出せない。

看護師の制服を着ていたのはたしかだけど、顔はぼやけている。当時の母と同じくらいの年齢だった記憶も定かではない。

家出した挙句、車に撥ねられそうになりケガを負った私を、月島さんは近くにある病院へ連れて行ってくれた。

建物は古く、雑木林のなかにぽつんと取り残されているようだった。午前の診察が終わったのだろう、患者の姿は見当たらず、がらんとしていたことを覚えている。

傷口を消毒し薬を塗り、最後に絆創膏を貼ってくれた。まるで魔法使いのように一瞬で終わった気がする。

「月島さんが結婚している人がここのお医者さんなの？」

「ええ」と、月島さんはうなずいた。

じゃあうちと同じだ。きっと月島さんも母と同じように私を叱りつけるのだろう。

「それにしても家出するなんて、胡麦ちゃんやるね」

責められるものと覚悟していた私に、月島さんはぼやけた顔で笑った。二階は住居スペースになっていて、人の家のにおいがしたことを覚えている。

次の記憶は月島さんの作ってくれたオムライスを食べたこと。しっかり焼いた卵の黄色、ケチャップライスの赤色、小さく切ったピーマンの緑色が鮮やかだった。

「胡麦ちゃんはお医者さんになるのね。そしたらうちの内科を継いでもらおうかな」

「なりたいかどうかわからないの。お父さんとお母さんがそう言うから……」

夢なんて言われてもピンとこなかった。ただ両親の言うことに従うしかない無力さが私を家出に駆り立てていた。

「月島さんはどうして看護師さんになろうと思ったの？」

その質問が私の夢を生む種になることを、その日の私は知らなかった。

小学校を卒業する頃には明確に種が芽吹き成長していた。

月島さんに報告しよう。そう思ったのは中学生になる直前のこと。私立の中学では勉強漬けになることはわかっていた。

自転車に飛び乗り、記憶を頼りに月島内科を捜した。

けれど、いくら捜しても月島内科が見つかることはなかった。


話を終えると、紅茶はもう冷めてしまっていた。

「そんなことがあったのですね。胡麦さんが訪れた病院はこの近くにあったのですか？」

ＳＥＳＴＡの二階にあるソファに座りポポアードを受けている。フロアでは無愛想だった唐麻さんがポポアード用の人格を降臨させてほほ笑む。

「この近くかと聞かれるとよくわからないのが正直なところです。闇雲に走っていたし、転んだショックも大きかったですから」

「スマホで病院を検索しなかったのですか？」

「高校生になってからやっとスマホを買ってもらえました。その前にも友達のスマホを借りて調べたことはありますが、いくら捜してもそんな病院はなかったんです」

月島の名がつく病院は他県には存在していた。そもそも月島内科なのか月島医院なのか、月島クリニックなのかすらわからない私には調べようがなかった。

「僕も月島の名がつく病院は聞いたことがないですね」

あごに手を当て、唐麻さんは首をひねっている。

「やっぱりそうですか……。最近ではキツネに化かされていたような気がしています」

事故に遭いそうになった私をキツネが助けてくれたのかもしれない。もしくは両親の抑圧に耐えきれずに私が見た夢だったということもありえる。

「いや、この辺りにキツネは出ません。それを言うなら、タヌキに化かされた、のほうがふさわしいでしょう」

どこまで真剣なのかわからないことを言う唐麻さん。

「あの、ＳＥＳＴＡが前は病院だったということはないですか？」

そう言う私に唐麻さんはあごに手を当てたまま周りを見回した。

「それはないですね。元々、住居として使っていた実家を両親の死後、改築したんです」

ここで働きはじめて今日で一ヵ月経つ。七月下旬の太陽は、夕方になっても昼間と同じ明るさで光っている。

今日、月島さんのことを話したのは、ひょっとしたらここが月島医院の跡地かもしれないという可能性に懸けてのこと。

でも、そもそも苗字が違うし、この建物はあの日見た病院とは全然違う。海もそばになかった記憶がある。

「いつか月島さんに会えるといいですね」

「いえ……もういいんです」

「どうしてですか？」

「月島さんにあこがれて看護師になったのに、今じゃ休職中の身ですし。今の私を見たらガッカリするでしょうから」

月島さんに報告したくて、看護師になったあとも病院を捜したことがある。日が経つにつれ、夢だったはずの看護師という仕事に自信がなくなっていった。

今、月島さんに会ったとしてもなんの報告もできないだろう。

「ぬー」

鳴き声とともに登場したガートが、私の足に顔をこすりつけている。

「ようやくガートに心を許してもらえましたね」

「最近は煮干しを常備してるんです」

　ポケットから煮干しを取り出してガートにあげるとよろこんで食べている。なつかないガートに悩む私に唐麻さんがくれたアドバイスだ。

が、触ろうと手を伸ばすと、煮干しを咥えたまま走って逃げてしまった。

「まだまだみたいです」

　少しくらい触らせてくれてもいいのに。

「もう少しですよ。ガートにとって煮干しは、胡麦さんのいつか食べたオムライスなのでしょう」

　月島さんの顔は忘れても、オムライスの味だけは覚えている。それくらい印象的だったのだ。じゃあどんな味か、と聞かれても説明はできないけれど。

「舌が覚えているんですよね」

　そう言うとおかしそうに唐麻さんは笑った。

　食べ終わったガートは、悠々と唐麻さんの膝に飛び乗ってその喉を鳴らしている。

「どうしてガートという名前なのですか？」

「ポルトガル語から命名したんです」

　どういう意味があるのだろう。SESTAと同じように深い意味があるのだろう。

　ガートの頭をやさしくなでながら「実は」と唐麻さんが言った。

「ポルトガル語でガートは『猫』という意味なんです」

「え、猫？　そのままじゃないですか」

最近は関西弁の亜梨沙さんの影響か、無意識にツッコミを入れてしまう。

「恥ずかしながらそうなんです」

照れたように笑う唐麻さんの膝で、ガートがギロッと私をにらんでくる。

唐麻さんはなぜこのカフェで自費診療をしているのだろう。ふと聞いてみたくなった。

「唐麻さん――」

言いかけた口を閉じたのは、壁の時計が営業時間の終わりを示したから。今日の掃除は私と健太の担当だから早めに戻らないとあとがうるさい。

「ありがとうございました」

お礼を言ってフロアに戻ると、まだ最後の客が会計をしているところだった。健太とのトークが盛りあがっているらしく、はしゃぐ声がしている。

「なあなあ胡麦ちゃん」

ワンレンをなびかせて亜梨沙さんが近寄って来た。

「定時やからあがらせてもらうわ。テーブルの片づけが終わってへんけど、頼んでもいい？」

「あ、はい」

「今日は美容室に行ってそのまま出勤せんとあかんねん。健太にはうまいこと言っといて」

「亜梨沙さんもほかに仕事をしてるんですか？」

健太が帆心総合病院の看護師だと知ったのは先週のこと。亜梨沙さんも同じだったんだ。

「言ってなかったっけ？　うち、風俗やっててんねん」

「えっ⁉」

衝撃のひと言に瞬時に大きな声が出てしまった。

レジに立つ健太と客の女性ふたりが目を丸くしてこっちを見ている。

「風俗って言いましたか？」

きわめて小さな声で尋ねると、「そやで」と亜梨沙さんは当たり前のようにうなずいた。

「てっきり知ってると思ってたわ」

「あの、待ってください。その……亜梨沙さんは男性が苦手じゃなかったんですか？」

「苦手ちゃうで、嫌い、大嫌いやねん。だからこそやってるようなもんや」

言っている意味がぜんぜんわからない。

唖然（あぜん）としているうちに健太が見送りを終えこっちにやって来た。

「ヤバい。じゃあまたな」

足早に去っていく亜梨沙さんがスタッフルームへ消えた。

「なに大きな声出してるのよ」

「あの……なんでもない」

「接客業っていうのはお客様が店をあとにするまでプロとして接しなくちゃいけないの。

気をつけてよね」

「あ、うん……」

「あら、あの子テーブルを片づけてないじゃない！」

キーッと声をあげた健太が大股でテーブルに歩いていったので、これ幸いとフロアの清掃に入ることにする。

物置から掃除機を取り出す。コンセントをつなぐ。スイッチを入れる。

掃除機の爆音にも負けない大きさで、亜梨沙さんの言葉がまだ聞こえる。風俗で働いていることにも驚いたけれど、それよりも男性嫌いなのになぜ、の疑問が拭えない。

ひょっとしたら亜梨沙さんには借金があるのかもしれない。でも、そんなことを聞くわけにはいかないし……。

健太が私の前に来て口をパクパク動かしているのに気づき、掃除機のスイッチを止めた。

「どうかした？」

「今思い出したんだけど、明日って受診の日じゃなかったっけ？」

「そうなの。今から気が重くって」

四月末に休職して以来、毎月受診はしている。SESTAで働いてから日に日に体は元気になっているのが自分でもわかる。

「案外、『復職できます』って言われるかもね」

「痛いところをつかないでよ。まだなんにも決められてないし」

「あら、ひとり暮らしをするって言ってなかった？　ちゃんと決めてるじゃない」

「それは……まあ」

結局あのあと、ひとり暮らしをする件については動いていない。親も禁句だとわかっているのかその話題には触れてこないし、前ほど文句を言われることもなくなっている。

「その調子じゃ復職はまだまだね。心の病気が治っていないのはあたしでもわかるもの」

「悩むことばかりで押しつぶされそう。どうすればいいと思う？」

「あたしに甘えないでよね」

ピシャリと言ってから健太は「まあ」と続けた。

「明日は全体会議で昼間から出勤してるの。ヒマだったら受診のあと外科病棟に顔見せなさいよ」

「それは無理」

いくら病棟が違っても、同じ病院なのだから誰に見られるかわからない。

「そう言うと思ったわ」

わかっていたのだろう、健太がひょいと肩をすくめて去っていく。

健太も亜梨沙さんもふたつの仕事をこなしているのに、私にはひとつこなすだけで精いっぱい。

なんだか自分がちっぽけな存在に思えた。

主治医はほとんど私の顔を見なかった。パソコンが患者であるかのように、最初から最後までモニターばかりに集中していた。

ボランティア活動をしていることを伝えても、

「いい兆候ですね」

カタカタとキーボードを打っていた。

そばにいる看護師は私が同職と知っているのだろうか。やけに目線が気になり、医師の話も上の空。気づくと受診は終わっていた。

来月まで様子を見る。これが医師の下した結論だった。

診察カードを会計担当に提出し、待ち合いベンチの端っこに座る。いつ同僚に見つかるか気が気じゃない。

安定剤は止めてもらったので、処方箋(しょほうせん)の内容は睡眠導入剤だけだろう。それも必要かと聞かれると、あれば不安が軽減する程度だ。ＳＥＳＴＡで働きはじめてから夜はよく眠れている。

ふと、斜め前に座る男性に目が行った。

「あ……克弥くん？」

気づくと同時に声をかけていた。

ギクッと体を震わせてから克弥くんが恐る恐るといった感じでふり向き、私だとわかったのかホッと胸をなでおろす仕草をした。

やっぱり克弥くんだ。黒色の半袖パーカーにフードまで被っている。今さらながら、よく本人だと気づいたものだ。

『胡麦さんも受診だったんですね』

先に会計を済ませた克弥くんが私の隣に腰をおろしメモを見せて来た。

「克弥くんもなんだね。お疲れ様でした」

彼との距離はずいぶん縮まった。私と閉店作業をする時はたまにピアノを弾いてくれることもある。と言っても、メロディではなく単音をいくつか鳴らす程度だけれど。

それでもピアノを弾くことに興味を持ってくれたことがうれしかった。

表情も明るくなったし、接客中もにこやかな笑みを浮かべている。

「次は日曜日の勤務が一緒だね。最近はなにかあった？」

『夏休みに入ったので堂々と学校をサボっています』

メモ帳にそんなことを書くから思わず笑ってしまった。

『このあとお時間ありますか？』

「今日は店もやってないしね。部屋で引きこもる予定だよ」

『健太さんに会いに来るように言われてまして。よかったらつき合ってもらえませんか？』

「うわ……」

最悪だ。まさか克弥くんにまで声をかけていたなんて。

「行きたいけど、正直なところ厳しいの。私、ここで働いてたこと知ってるよね？　見つかる前に一秒でも早く建物から出たい」

こっそり耳打ちすると同時に、

「米沢さん。米沢胡麦さん」

会計担当の女性が私の名前を呼んだので慌てて立ちあがった。

受診は番号で呼ぶくせに、会計の時だけフルネーム呼びするのは止めてほしい。

急ぎ足で向かいながらようやく気づいた。

今……『ここで働いてた』って、過去形で話をしていた。もう、終わったこととして受け止めている自分に驚いてしまう。

会計を済ませて席へ戻ると、克弥くんは長い文章をメモに落としていた。

『僕も早く帰りたいんですが、ひとりでは心細いんです。健太さんにも言ったのですが、「男と男の約束よ」って聞いてくれなくて。少しでいいのでつき合ってくれませんか？』

こういう時だけ男を持ち出して……。呆(あき)れてしまう私に克弥くんは眉毛(まゆげ)を下げて情けない顔をしている。

「……じゃあ、さっと行ってさっと帰ろう」

今日受診してよかったと思えることはひとつだけ。

初めて歯を見せて笑う克弥くんが見られたことだ。

外科のあるＣ病棟は申し送りがある時にしか訪れたことがなかった。去年増築した新館なので、壁の色もシステムも新しい。明るく感じるのは窓が広いせいだろう。

エレベーターで三階にあがると、健太の勤務するＣ３病棟に到着する。顔バレを防ぐため克弥くんがナースステーションから健太を連れ出してくれた。

さすがは新館だけあり、テレビのある応接室も広い。柱も主張してないし、天井だって高い。

「助かったわ。夜勤までの間どうしようかと思ってたのよお」

響き渡るほどの大声で腰をクネクネさせながら健太がやってきた。

「病院でもそのキャラでやってるの？」

「当たり前じゃない。あたしはあたし。ほかの何者でもないのよ。はいこれ」

麦茶のペットボトルを差し出す健太。もう克弥くんはもらったらしく、ちびちびと飲んでいる。

健太はいくつも並んだソファの中央に腰をおろし足を組んだ。応接室にほかの入院患者や家族の姿はなくホッとした。

「あと一時間はつき合いなさいよ」

冗談じゃない。申し訳ないけれどこうなったら克弥くんをいけにえに差し出すしかない……。健太の向こう側に座る克弥くんに心のなかで謝った。

「それはそうと、月末のことなんだけどね」

「月末？」

「やっぱり知らないのね。三カ月に一度、月末に新メニューの試食会があるのよ」

「へ……そうなの？」

克弥くんは知っていたのだろう、うんうんとうなずいている。

健太がスマホを開いてなにやら操作したあと画面を見せて来た。そこには今月のランチで登場した『ポルトガル風お好み焼き』の写真が載っていた。バカリャウと呼ばれる干しタラと、ジャガイモ、トマトが入ったお好み焼きで、客から『美味しかった』とお褒めの言葉をいただいた記憶がある。

「鈴木シェフは料理にすべてを注いでいる人でね、ランチのメニューも毎日変わるでしょう？　新メニューを取り入れることにも気合いが入ってるの。これは試食会の時の写真ね」

「試食会に参加して意見を言うってこと？」

「その通り。あたしも大切な唐麻さんの頼みだからなるべく参加してきたのよ」

健太は『大切な』に力をこめて言った。

「でも今月だけはダメなの。どうしても夜勤者が見つからなくって、試食会には参加できないのよ」

　嘆く健太につられて克弥くんも悲しい顔になっている。

「亜梨沙だって復帰したと言っても夜のお仕事があるから参加できないし、パートさんは夜は出られない。だから、あんたたちに懸かってるんだからね」

「試食会に出ればいいんだよね？」

「ちょっと！」

　と、健太が体ごと私に向いたのでのけぞってしまう。

「あんた今、『それくらい』って軽く思ったでしょう。違うのよ、試食会はスタッフにとってはめちゃくちゃ大変なんだから！」

　目を見開く健太と同じ顔を克弥くんが作っている。なんだかこのふたりも相性がよさそうだ。

「いい、ちゃんと聞いて」

　健太が声を潜めた。

「鈴木シェフはそりゃあいい人よ。ぶっきらぼうだけど愛があるの。でもね、試食会では毎回とんでもない料理が出てくるの。いえ、あれは料理とは言えないわ。ね？」

『毎回大変です』

　慌てて書いたメモを克弥くんが見せてきた。

「たとえば前回の試食会では『焼き魚のワイン煮』という料理を食べさせられたの」

健太がそう言うと、克弥くんが思い出したように顔をしかめた。

名前だけ聞くと美味しそうに聞こえるけれど……。

「魚はたしかサバだったかしら。想像してみて、赤ワインの色に染まった魚が出てくるのよ。それもベリー系の味つけのせいで血のように真っ赤なの！」

ひゃあ、と叫んだ健太が身震いをしてみせた。

「ベリー系……」

「しょっぱいのに甘いの。そしてワインなの」

なるほど。たまにチャレンジ作品があるというわけか。

「そういう料理を食べた時に私たちがすることは批判じゃなく同調なのよ。けして『美味しくない』と言ってはダメ」

「『おもしろい味』とか『個性的ですね』は？」

「そんなのテレビのレポーターがごまかす時に言う台詞じゃないの。もっと悲惨な結果になるわ」

ブルブルと克弥くんも両腕を抱いて震えている。

「とにかく、そんなことを言ったらあとが大変。その後のまかない食が、ちょっとアレンジを変えたその料理ばかりになってしまうのよ」

『一度、プリン味の鍋料理ばかりの時がありました』

克弥くんの走り書きに健太は「ああっ」と額に手のひらを当てた。

「あれは思い出したくないわ。カタプラーナという鍋料理なんだけど、プリン味だったのよ！」

「声が大きいって……」

「いい？」と健太が私たちの顔を交互に見た。

「大事なのは同調よ。美味しいけれどランチとしては成立しないことを、言葉をオブラートに何重にも包んで伝えるの。もしも八月のまかない食にヘンな料理ばかり続いたら恨むからね」

健太なら本気で恨みそうだ。

「それを伝えたくてここに呼んだの。お店じゃこんな話できないからね」

鈴木さんもクセのある人ということか……。

本当にＳＥＳＴＡのスタッフは個性的な人ばかりだ。

「わかった。気をつけるよ」

そう言ってから、さっき健太が言った言葉を思い出した。

「ねえ、さっき言ったよね。亜梨沙さんが夜のお仕事をしてるって――」

「風俗の仕事でしょ」

あっさりと言う健太に、点滴台を押しながら歩いていた高齢女性がギョッとした顔で立ち止まった。

「ＳＥＳＴＡは働いたり辞めたりをくり返しているくせに、夜の仕事だけは辞めないのよね」

「だから声が大きいってば」

「人のことなんてどうでもいいじゃない。胡麦こそ診察の結果はどうだった？」

「一応、来月まで様子を見ることになったよ」

「へえ、そうなんだ」

自分で聞いておいて、もう興味を失ったように健太はあくびをした。

健太の意見を聞く考えはすぐに捨てた。この一月で健太がなんて答えるのかはわかっている。『あたしに聞いても知らないわよ』とか『自分で考えなさい』だろう。

「克弥も来てくれてうれしいわ。経過は順調なの？」

『はい』とメモに書いたあと、克弥くんは喉に片手を置いた。グッと頰に力が入るのがわかる。

「はい」

思ったよりも高い声が出た。

「きゃあああ！」

健太の大声に点滴台を押した入院患者が「ぎゃあ」と悲鳴をあげて逃げていく。

「すごいじゃない！　声が出るようになってきたの!?」

「……単語。少し」

「すごいすごい！　どうしよう、泣いちゃいそう！」

ワナワナと体を震わせる健太。そばで見守ってきたからうれしいのだろう。

「ほんとすごいね。克弥くんの声が聞けてうれしい」

私がそう言うと、

「うん」

と、克弥くんはかすれた声で答えてからペンを構えた。

『ピアノのおかげです』

「え、そんなことないよ。私はなんにも――」

カツカツと歩く音が聞こえ顔をあげた。

廊下の奥から歩いてくる看護師は、遠目でもすぐにわかった。

――清水さんだ。

眉間にシワを寄せ歩いてきた清水さんと目が合った。

健太の陰に隠れようとするその前に、清水さんは足を止めサッと踵を返した。

急ぎ足のまま角を曲がり、その姿が見えなくなる。

久しく忘れていた息苦しさが、すぐに私を覆いつくした。


珍しく七月の台風がこの町に近づいている。

なんとかランチは営業できたけれど、夜にかけて台風はこの町にさらに近づくそうだ。

窓から見える松林もストレッチをするように斜めになっている。

「暴風警報が出たぞ。閉店したほうがいい」

厨房(ちゅうぼう)の扉から顔だけ出して鈴木さんが、バーカウンターの内側でグラスを拭(ふ)く唐麻さんに進言した。

「わかりました。すぐに閉めます」

働いていてわかったことは、唐麻さんが素直に意見を聞く相手は鈴木さんだけということ。通常モードの時でも鈴木さんには従順な姿勢を見せている。

「健太、サイトに本日の営業終了って書いといて。ポポアードの予約者にも連絡」

「唐麻さんのためならよろこんで」

「閉店作業が終わったら、スタッフもすぐに帰ること」

「あたし……ひとりじゃ怖くて帰れないかもしれない」

憂いのある目で健太は唐麻さんを見つめている。片想いしていることを最近は隠そうともしない。

が、唐麻さんはそっちを見ることもなく残りのグラスを片づけている。

悔しそうな顔の健太が、渋々スマホを取り出しサイトの修正を行う。

ザーッと音を立てて豪雨が外の景色をけぶらせている。駐車場に『本日の営業は終了しました』の看板を出したいけれど、この雨風じゃすぐに飛んで行ってしまいそう。

「なあ胡麦ちゃん」

レジに立っていた亜梨沙さんが私の腕に絡みついてきた。

「え、なんですか？」

「ぜんぜんＬＩＮＥの返事くれへんやん。待機時間に何通か送ったけど既読にすらならへんで」

「え……？」

「ああ、待機時間ってのは夜のお店で指名されるのを待っている間の――」

「そうじゃないです」と、遮ってスマホを開くと、亜梨沙さんからのメッセージは来ていなかった。

「来てませんけど……」

亜梨沙さんは「マジか」と密着してくる。亜梨沙さんの髪が頬にあたりくすぐったいし、なによりも距離が近すぎる。

「ＩＤ交換したあと友だち追加してくれてへんやん。ここ、押して」

「はい」

言われた通りにすると、満足げに亜梨沙さんはうなずいた。

「これでＯＫ。またメッセージ送るからたのむで。うち、メニューボード取って来るわ」

そう言い残し亜梨沙さんが外に出たとたん「ひゃあ！」と悲鳴をあげている。

「亜梨沙さん⁉」

慌ててドアに近づくと、亜梨沙さんがすごい勢いで飛びこんできた。

「ビショビショになってしもうた！」

全身がびっしょり濡れてしまっている。メニューボードのイラストも抽象画でも描いたように滲んでしまっている。

「ほら、これ使いなさいよ」

健太がバスタオルを渡した。

「サンキュー」

ゴシゴシと頭を拭く亜梨沙さん。夏なのに長袖の服ばかり着ているな……。ぼんやりと見ていると亜梨沙さんがシャツの袖をめくった。

右手首の下あたりにひどい内出血の痕が見えた。二の腕に包帯の端っこが顔を出している。左腕にも打撲痕がいくつもある。

思わず声が出そうになり慌てて呑みこんだ。

帆心総合病院でもたまにハラスメントの研修を受けてきたからわかる。スクリーンに映し出された写真によく似ていた。

これってもしかして……。

隣の健太に視線を送ると「こら」と叱られてしまった。健太は傷があることを知っていたのだろう、平然としている。だけどどうしても気になってしまう。

足先まで拭き終わった亜梨沙さんが、

「ああ、この傷のことか？」

軽く右手をあげた。

「あ……いえ、その……」

私に濡れたバスタオルを押しつけてきた亜梨沙さんが、ニヤリと笑った。

「胡麦ちゃんが考えてることわかるで。ＤＶの被害に遭ってるとか思ってるんやろ？」

「う……」

「やっぱりな」

あまりの図星に反応ができない。こういう傷でありえるのはＤＶだ。

「何度も言うけど、うちオトコ嫌いなんやって。彼氏なんておらへんから」

「じゃあ……ご家族から？」

家庭内暴力の可能性だってある。が、亜梨沙さんはおかしそうに声を出して笑い出す。

「ほんまおもろい子やな。うちはひとり暮らしで親とは音信不通。この傷はぶつけてできたもんや」

カウンターの唐麻さんを見るとあごに手をやってうなずいている。

どうしようか、と悩んだのは一瞬だけ。

「あの……」

と恐る恐る声をかけた。

「亜梨沙さんが男性嫌いなのは知っています。でも、唐麻さんは男性ですがいい人です」

「ん？　話の流れが見えへんねんけど」

「亜梨沙さんがポボアードを受けているところを見たことがありません」

「実際受けてへんし」

　ひまわりのような笑顔もなく、少しイライラした口調になっている。

「一度唐麻さんと話をしてみてはどうですか？　話すことでラクになることもあると思うし、実際私も——」

「なんで？」

　話を止めた亜梨沙さんは、さっきとは違う笑顔の仮面を被っていた。

「DVちゃうって言ってるのに、ひょっとしてうちのこと疑ってるの？」

「そういうわけでは……」

「胡麦さん」

　と、唐麻さんがポボアードの時の声で言った。

「その辺で止めておきましょう」

「でも……」

　軽く首を横に振ると、唐麻さんはニッコリ笑った。

「台風の日は感情も不安定になりがちです。さあ、これ以上ひどくならないうちにご帰宅ください」

　もう亜梨沙さんの顔に笑みは見られない。プイとスタッフルームへ行ってしまった。

　重い空気が場に満ちているのは、私が余計なことを口にしたせいだ。

風はもう嵐の様相を呈し、外の景色を鉛色に塗りつぶしていく。

台風の影響は家にも及んでいた。

内科を早めに閉院したらしく、父が帰宅していたのだ。なるべく家族と顔を合わせたくないのに最悪だ。

夕飯のためリビングに顔を出すと、父は私のほうを見ようともせず新聞を読んでいる。

機嫌が悪いと間髪を容れずに説教がはじまるから、今日はそこまで不機嫌ではないらしい。

いつもそうだ。人の機嫌を計ってから行動するクセがついている。

紗英はスマホを眺めながらもう食事をはじめている。

「いただきます」

看護師になってしばらくしてから、同僚から『米沢さんって早食いだね』と言われたことがある。それは家族との食事が苦痛だったから。できる限り早く食べて部屋に戻ることが、心を保つために必要だった。

ひとり暮らしをすると伝えて以降、食事の際に責められることはなくなっていた。

想像以上に親は気にしているのだろう。いや、逆に見捨てられたのかもしれない。

今夜のメニューは肉じゃがと焼き魚と海藻サラダ。食器のカチャカチャという音だけが響いている。

その沈黙を破ったのは、紗英だった。

「あのさあ」

と、私を見てくる。

「こないだ帆心に行ったわけ」

「え……？」

夏休み後から実習がはじまるとは聞いていた。

「実習のオリエンテーションみたいなやつ。全部の病棟を案内されたんだけど、呼吸器内科にも行ったよ。清水ゆう子さんっていう看護師長がお姉ちゃんの上司？」

名前を聞くだけでグッと胸がつぶされたような感覚になる。同時に、先日会った時に避けられたことにまた傷ついてしまう。

「そう、だよ」

「清水さん、私が妹だって気づいてなかったよ」

「……へえ」

「個人情報を遵守してくれてんのかもね。厳しそうに見えるけど、話してみるといい人だった」

いい人の下で働いているのに、なんで病気になっちゃったの？　そう言われている気がして口ごもる。

父も母も黙って紗英のことを見つめている。いつもなら加勢してくるところなのになにも言ってこない。私が家を出ると言った影響は、想像以上に大きいようだ。

「でさ、昼前に終わったから仲のいい子たちでドライブに行ったの」

話が変わりホッと胸をなでおろすけれど、紗英は私から視線を逸らさない。普段は滅多に話しかけてこないのになぜだろう……。

返答に困りお茶を飲んでごまかした。

「で、そのままランチに行こうって話になってさ」

ランチ、という言葉を聞くのと同時に頭に警告音が鳴った。

「海沿いにあるカフェでさ、名前は忘れちゃった。ランチもやたら長い名前で覚えてないけど、美味しかったよ」

大きな衝撃が予告されている。ちゃんと耐えなくちゃ……。体に力を入れながら首をかしげてみせる。

紗英はパチンと音を立てて箸を置いた。

「そのカフェでお姉ちゃんを見た気がするの」

「……私を？」

「店に入った時に、お姉ちゃんにすごく似た人が奥にある階段をあがっていったの。声をかけようかと思うくらい似てた」

上半身を折り、紗英は私に顔を近づけた。メガネの奥の瞳が私を疑っている。

「ひょっとしてお姉ちゃん、あの店でバイトしてるの？」

カシャンと音を立て、母が箸をテーブルに置いた。

「バイト？　あなたそんなことしてるの？」

母が冷たい声で尋ねた。紗英が水を得た魚のように「だってね」と母にすり寄る。

「本当に似てたんだよ。まあ、そのあとは私たちが帰るまで二階から下りてこなかったけど」

「ちゃんと答えなさい。傷病手当をもらっている身でバイトなんて……」

メガネ越しの目が怒りに変わっている。

あえて数秒の沈黙を守ってから「はは」と笑う。

「紗英がどこのカフェに行ったのかは知らないけど、バイトなんてするわけないでしょう？　もしすることになっても接客業だけは選ばないし」

あきれた顔で言ったあと肉じゃがを口に放りこむ。この間は返事をしなくて済むはず。

紗英は母とアイコンタクトを送り合ってから、

「だよね」と、肩をすくめた。

「コミュ障のお姉ちゃんに接客業はムリだもんね」

どうやらごまかせたらしい。それにしてもまさか紗英がSESTAに来るとは……。

紗英のことだから真相をたしかめにまた来るかもしれない。しばらくは入店する客の顔を毎回チェックしなくちゃ。紗英の顔写真を見せて、健太や紀実ちゃんたちにも協力をしてもらおう。

でも、最近の写真は持ってないな……。最後に紗英の写真を撮ったのなんて、私が中学生くらいの頃かもしれない。

「これからどうするの？」

紗英の発言により母の怒りは再燃したらしい。鋭い声で尋ねてきた。

「病気を治すことに集中するつもり」

「とっくに治ってるでしょうが」

はあ、とわざとらしいため息をつく母が射るように私を見た。

「最近は外出ばっかりしてるし、食欲も戻ってる。社会復帰プログラムだかなんだか知らないけど、もう十分でしょう」

「あ、それはまだ終わってなくて――」

「どうして傷病休暇を延長したのよ⁉」

そっか。母は私が傷病休暇を延長したことが気に食わないんだ。

「急にひとり暮らしをしたいとか言うし。そんな元気があれば今すぐにでも復職できるじゃない。ね？」

「ああ」と父はうなずいた。

「紗英にだけは迷惑をかけないようにしろ」

こういう発言に傷つけられてきた。

父も母も、家のプライドを第一に考えて生きている。

だけどもう私は自分の答えがわかってしまった。

「色々考えたんだけど、看護師には戻らないことにしたの」

音もなく食卓が凍りついた。誰もが時間が止まったように微動だにせず、私を見ている。

「体調が落ち着いたら退職する」

これが私の出した答えだ。

「あなた……自分がなにを言っているのかわかっているの？」

いつもの赤鬼みたいな顔が青ざめている。

「わかってるよ。看護師を辞めることにしたの」

「……最低」

食べかけの食事もそのままに紗英がリビングを出て行った。

「胡麦」と母がメガネを人差し指であげた。

「どうしても看護師になりたい、って言ったじゃない。お母さんたちの反対を押し切ってまでなった職をそんなに簡単に捨てるなんて、そんなのおかしいじゃない」

言いたいことはたくさんある。看護師になった私を最初にあきらめたのはそっちのほう。『浪人して医学部を受け直せ』って何百回言われたかわからない。

簡単に退職を決めたように思えるのは、この家族のなかで誰ひとり私の気持ちを理解してくれなかったから。

でも、この家で私は見知らぬ国の人。どんな言葉を使っても、違う国の言葉は理解してもらえないだろう。

「大人になってから夢が変わることもあると思う」

ガタッ。

椅子を鳴らして父が立ちあがった。くちゃくちゃに握られた新聞紙が父のプライドだと思えた。

「勝手にしろ！」

「お父さん！」

慌てた母が声をかけているのをぼんやりした気持ちで見ていた。

「謝りなさい。すぐに謝りなさい！」

ようやく母が赤鬼になっても、もう私はおびえたりしない。

むしろ自分の出した結論に誇らしささえ感じていた。

「眠いんやけど」

亜梨沙さんは私のうしろをダラダラと歩いている。

台風一過の空は日射しがまぶしく、まだ午前中なのにも拘(かか)わらずアスファルトの照り返しが痛いほどだ。

「あと少しですから」

「暑いんですけど。喉が渇いたんですけど。疲れたんですけど」

ゾンビのようにうつろな目で亜梨沙さんはボヤキを連発する。

自動販売機でブラックコーヒーを買ってあげ、駅前のベンチでしばし休憩を取ることに。亜梨沙さんは予備分としてスポーツドリンクも買っていた。

「それにしても、なんでうちがつき合わなくちゃあかんの？」

手鏡を片手にメークを直す亜梨沙さん。木陰に入るだけでいくらか体感温度は下がった気がする。

「LINE全然くれないって言ってたから誘ってみたんです」

「紀実ちゃんとか健太とかもいるやん」

「紀実ちゃんは授業があるし、健太は夜勤明けですし」

「うちだって夜勤明けみたいなもんや」

「それに、一度亜梨沙さんと出かけてみたかったんです」

自分の気持ちを言葉にすることにもずいぶん慣れてきている。

「ふーん。まあ……悪い気はせーへんけどな」

顔にUVスプレーを噴射しながら亜梨沙さんは言った。

いつものようにグレー系の洋服に身を包む私と違い、露出の多い空色のワンピース姿。

腕の傷は日焼け防止のアームカバーで見えない。

メーク道具をしまってから、亜梨沙さんは缶コーヒーを一気に飲んだ。

「物件を見に行くなんて聞いてへんし。それにこれで何件目よ。しかも自分たちで家を探して回るって……」

私の膝にのっている資料と地図を見て亜梨沙さんは文句を並べる。

「亜梨沙さんが男性スタッフの同行を嫌がったからじゃないですか」

「女性もおったやん」

「あの人は事務職員さんです」

駅前の不動産屋を訪れたところ、亜梨沙さんが『オトコと同じ車になんて乗りたくない』と拒否したのだ。かわいそうに、案内担当の新人と思われる男性は先回りして家の前で待ってくれている。

「亜梨沙さんって高校を出てからひとり暮らししているんですよね？　つまり目が肥えているってことじゃないですか。アドバイスが欲しいんですよ」

「まあ、いろんな部屋に住んできたからなあ」

懐かしむように空に顔を向けている。

「家を出たいんです。だからお願いします」

「なるほど、仕事を辞める前に家の契約を済ませようってことか」

「それもありますけど……」

不動産屋には、今の仕事を退職する予定であることは伝えてある。ある程度の預金残高があれば保証会社をつけて部屋を借りられるとのことだった。銀行のアプリで残高を見せたところ、私の場合はギリギリOKとのこと。

「さっき言ってた親が原因ってことか。まあうちも、家から飛び出した身やから気持ちはようわかるわ」

髪をなびかせて立ちあがった亜梨沙さんが歩き出す。太陽に照らされた髪が金髪に見えた。

「家から飛び出したって、家出をしたってことですか？」

「似たようなもんや。あ、ここちゃう？」

古いマンションの入り口で不動産屋の男性が手をふっている。

「お疲れ様でした！　こちらが三件目の物件となります。部屋は角部屋の一〇二号室、日当たりもよく――」

「いいからカギちょうだい」

「あ、はい」

内覧三件目ともあって男性も慣れてきたらしい。素直にカギを亜梨沙さんに渡した。

「ここで待ってて。暑いけど我慢してな」

「はい、よろこんで」

さっきから不動産屋の男性はデレッと溶けている。男性嫌いなのに、相手を魅了する力があるのだろう。

美人ってそれだけで得なんだな……。

亜梨沙さんがなぜ風俗で働いているのかについてはまだ知らない。腕の傷についても聞けないままだ。

カギを開けて部屋に入ると、建物同様、古臭さが否めない内装だった。リビング兼キッチンだけはフローリング仕様だが狭い。窓の外には隣のビルが至近距離に迫る。

「あかんな、ここは」

見るなり亜梨沙さんがNGを出した。

「家賃が家賃なだけに部屋が狭いのはしょうがないけど、そもそもセキュリティに難ありや。ベランダから侵入できるし、オートロックもない」

安いアパートでも構わないと思っていたけれど、亜梨沙さんが『マンションじゃないとあかん』と言い張ったのだ。前に見た二件はオートロックがついていたけれど、予算より一万円以上オーバーしていた。

「ええか、胡麦。オトコってのはなにをするかわからん生き物や。用心するにこしたことはないで」

「私なんかを気に入る人はいませんよ」

「この世のなかにどんだけのオトコがいると思ってんねん。マニアは必ずおるもんや」

さらりとひどいことを言ってくる。ムッとした顔になる私を亜梨沙さんはケラケラと笑った。

「冗談やって。まあ、うちが過剰に反応してしまってるせいやろうな。SESTAにだって、どこで聞いたんか、客がやって来ることがあるねん」

「え、お店に来ることがあるんですか？」

「普通の客はせえへんよ。ヤバいのは出入り禁止にした元客。そういうやつらは自分がしたことを棚にあげて、うちに恨みを持ったりするねん。気づかないうちにあとをつけられてたんやろうな」

あの怒鳴りっぱなしだった客のことだ。でも、『アシラ』という名前の女性を捜していたんじゃ……。

「思い出したか？」と、亜梨沙さんが水回りをチェックしながら言った。

「前にそういう人、おったやろ？」

「いました。たしか『アシラ』って人を捜してるって……」

「それ、うちのことや」

親指で亜梨沙さんは自分を指した。

「亜梨沙をローマ字にしてから逆さに読むとアシラになる。うちの源氏名やねん。阿修羅みたいでかっこええやろ」

ARISAはたしかに逆から読めばアシラになる。

「あの時は唐麻さんに助けてもらいました」

亜梨沙さんが働いていることがバレなくてよかった。

「うちはオトコ嫌いやけど、SESTAのスタッフはみんな好きやねん。だから辞めてもすぐに戻ってしまうんやろうなあ」

「家族みたいに思う時があります」

「本当の家族が悲惨なほど、そう思うんやろうな」

六畳の部屋は絨毯(じゅうたん)が敷いてあった。クローゼットは奥行きが狭く、収納力に期待ができそうもない。

窓の外は細い路地に面していて、ゴミの集積所が目の前にあった。

嫌そうな顔をした亜梨沙さんが、窓を背に座った。

「なんでうちがオトコ嫌いになったか知ってる？」

「いえ、知りません」

「健太のやつ、そういうところは口が堅いからな。人から聞いた話には添加物が入る、とか言ってるくせに、どうでもいいことはベラベラしゃべんねん」

すごくわかる。共感しながら亜梨沙さんの隣に間を開けて座った。

膝を抱えるように座る亜梨沙さんが、顔だけをこっちに向けた。細い髪が彼女の美しい顔を半分隠した。

「小学生の時にさ、うちの母親が再婚した」

「そうなんですね」

「義理の父ってやつがマジで最低でさ。籍を入れてから豹変(ひょうへん)しやがった。母親を怒鳴っては殴るし、うちにだって容赦なかった。機嫌がいいと思って安心してたら次の瞬間に胸倉を摑まれていることもあってさ。どこで怒りのスイッチが入るかわからないから、毎日ビクビクしてた記憶しかない」

どうしてこんな残酷な話を、笑みを浮かべて話せるのだろう。私も怒鳴られることは日常茶飯事だったけれど、手を出された記憶はない。

「もっと最悪なのは、うちが殴られている時、母親が見て見ぬフリをしてたこと。一緒になって殴ってきたりもした。なのに、あのオトコがいない時は『同じ被害者』みたいなツラしてんだよ」

自分の状況と似ていても、亜梨沙さんほどひどくはない。同調の言葉を吞みこんでうなずいた。

「高校生の時からは性的な虐待まではじまってさあ」

「え……」

体から血の気がスッと引いた。そんなひどいことをされていたなんて……。

「ドン引かれるから詳しくは話さないけど、最後までは許してないから。とにかくあの場所から逃げたかった。で、高校の卒業式の日に家を出た。あの時の解放感は忘れられないよ」

懐かしむような笑みを浮かべたあと、亜梨沙さんはキュッと唇を閉じた。

「あの、聞いていいですか?」

「ええよ」

「亜梨沙さんが夜のお店で働いているのは、お義父さんの借金が原因なんですか？」

「まさか」と亜梨沙さんは短く言った。

「あいつは公務員でさ、それなりに金はあったみたいやし」

「じゃあ、引っ越す時にできた借金とか？」

「ちゃうって。借金がある前提がそもそも間違ってるねんて」

亜梨沙さんが肩の力を抜くのが見えた。

「あんたと話してると調子狂うわ。そんな理由で風俗に身を投げたんとちゃうねん。普通に働くこともできたけど、手っ取り早く稼ぎたかっただけ。それも大嫌いなオトコから巻きあげたかった。それだけや」

髪をかきあげた亜梨沙さんの腕。アームカバーでも隠しきれない傷の先端が見える。かばうように片手で傷を隠すと、亜梨沙さんは「ちゃうで」と目を丸くした。

「この傷はあいつにやられたんとちゃうで。家を出て以来、あいつらには会ってへんし」

「一度も？」

「二度と、や。母親が死んだとしても会うことはないやろうな」

彼女の決意は揺るがないほど強い。きっとそういう状況になったとしても考えは変わらないだろう。

私は……無理だ。家を出る気持ちに変わりはないけれど、万が一のことが起きたら冷静ではいられない自信がある。

「胡麦ちゃんがうちのこと心配してたから伝えとこうかなって。うちはなんの問題もなく生きてるから安心しとき」

みんな仮面を被っている。

日常生活で他者と関わるなかで、いくつもの仮面をつけては外しをくり返す。たくさんの仮面をつけているうちに、どれが本当の自分の顔かもわからなくなってしまう。

「……違うと思います」

ムッとした顔になる亜梨沙さんから目を逸らした。

「唐麻さんに言われました。ポボアードの目的は自分との和解だって」

「あの人が言いそうなことやな」

「がむしゃらに仕事をしていた時、傷だらけになっていることに気づきませんでした。休職してからやっと痛みを知りました。でも、全然治らないんです。たまにかさぶたを取って、また出血をくり返す。きっと、一生消えることはないと思います」

今になって思えば、それぞれの立場も理解できる部分はある。それでも、ジワジワとえぐられた傷は、この先も私を苦しめるだろう。

「そんなん人それぞれやろ」

「でも亜梨沙さんがなんの問題もなく生きてる、というのは違う気がします。自分に嘘をついてしまったら、和解ができないと思うんです」

あぐらをかいた亜梨沙さんがガシガシと頭を掻いた。この話題を止めたいという意思が伝わってくる。

「亜梨沙さんが夜の仕事に就いたのはお金のためということもあると思います。でも、いちばんしたかったことは、過去のトラウマを消したかったからじゃないですか？　だけど、どうしても消えない」

「………」

「亜梨沙さんがいちばん嫌いなのは、自分自身だと思います。その傷も、自分でつけたんですよね？」

自分とどこか似ていると思えたからこそ、下手な同調でごまかしたくなかった。もう亜梨沙さんは目を伏せてしまっている。

「なんでそう思うん？」

「家の話をしている時、関西弁が出ていませんでした。変換する余裕もないくらい、心が悲鳴をあげているように感じたんです」

夜の仕事をしているのは義父への復讐がきっかけだった。それでも過去は忘れようとしても頻繁にダメージを負わせる。

そんな自分が嫌で、亜梨沙さんは自分自身を傷つけている。

「ああ、もう！」亜梨沙さんが天井に向かって吠えた。

「胡麦ちゃんは名探偵みたいやな。せっかくごまかせると思ってたのになあ。まあ……

唐麻さんの影響もあるんやろうな」

　後半は穏やかなトーンに変わっていた。

「ＳＥＳＴＡのスタッフのおかげだと思っています。と言ってもまだまだ弱すぎて、私も自分のことが嫌いなままですけれど」

「うちもや」

　膝を抱えた亜梨沙さんがさみしそうに言った。

「殺したいくらい憎いふたりのことを、理由をつけて許そうとした。母親だってひとりじゃ生きていけなかったとか、あいつにもストレスがあった、とか。でも、そんなんじゃ納得できないくらいの怒りがあってさ」

「許さなくていいと思います。私も許さないことにしましたから」

　そう言うと、亜梨沙さんはおかしそうに笑った。

「ヘンな子やな。でも、なんか少しだけ安心したわ」

「今度は私の相談にも乗ってください」

「ええで。さ、そろそろ戻らんと営業くんが熱中症になってまうわ」

　立ちあがった亜梨沙さんの顔に仮面がついているかはわからない。

　それでも、話をすることで自分自身をふり返ることができた気がする。自分の出した答えを、私は応援したい。

　玄関のところで亜梨沙さんがふり向いた。

「ひとつだけ言わせてもろうてええか？」

「はい」

「風俗の仕事についてやけど、最初はたしかにオトコに復讐するつもりでやってた。でも、いつからか癒しを与えているような自負が生まれたんや。くさいけど、誇りを持ってやってる。まあ規定時間が終わったらそっこうで追い払ってるけどな」

亜梨沙さんならやりそうなことだ。

マンションの入り口で汗を拭っている不動産屋の男性に、

「お待たせ。これでも飲んで」

と、亜梨沙さんはさっき買ったスポーツドリンクを渡した。

男性は尻尾をちぎれんばかりにふる犬みたいによろこんでいた。


新メニューの試食会は、さながら大食い大会のようだった。

参加者は私と唐麻さん、紀実ちゃんと克弥くんの四人だけ。

メニュー化を想定し、大皿にてんこ盛りで鈴木さんが運んでくる。ひとつの説明が終わって食べていると、もう次の料理がスタンバイしていた。

健太が言っていたような爆弾料理はたしかにあった。『カルディラーダ』と呼ばれるポルトガル料理で、トマト風味のブイヤベースと説明された。

が、これが酸っぱいのだ。鈴木さんによると『アクセントに酢を入れた』らしいが、トマトの風味を吹っ飛ばすほどの量が入っていた。みんなひと口食べたあと固まってしまっている。

下手なことを言い、酢の量を調整した料理がまかないで連続するのはつらい。それにこの臭いは……どこか生ごみを連想させる。

幸い、鈴木さんも『これは失敗』と自ら認めてくれたのでことなきを得たが、次回の試食会に向けてやんわり却下する言葉を探しておくべきだろう。

試食会のあと、克弥くんがピアノの練習をしている。最近は楽譜を置いて曲を弾くことが増えた。邪魔をしたくなくて、でもまだ帰りたくなくて砂浜に出てみた。

テラスの照明が消えているせいで波打ち際も見えない。砂を洗う波の音だけが遠くから近くから響いている。

足音にふり向くと、唐麻さんがポケットに手を入れて歩いてきた。

「夜に泳ぐのは危険だぞ」

「泳ぎませんよ」

「いや、冗談だ」

真面目な顔で通常モードの唐麻さんが隣に並んだ。

「亜梨沙さんと部屋を見に行ったんだってな」

「結局見つかりませんでしたけど、またチャレンジします」

次回は女性スタッフが案内してくれる不動産屋を探そう。いや、あの新人男性なら亜梨沙さんもOKしてくれるかもしれない。

「まあ、人生はいろいろだ」

「本当にそうですね。ここで働かせてもらってから、特にそう思います」

誰もが悩みを抱えて生きている。今起きている悩みも、元を辿れば過去のトラウマが原因になっていることも多い。過去からつながっている鎖を断ち切ることができずにもがいている。

「ぬう」

暗闇から声がした。ガートの声だとすぐにわかった。そっと頭をなでるとめずらしく喉を鳴らしてくれている。抱こうとしたらやっぱり逃げてしまったけれど。

「ガートは元々、ご両親が飼われていたのですか」

愛おしそうにガートを抱きかかえた唐麻さんに尋ねる。唐麻さんのご両親は亡くなっていると聞いている。彼がここでカフェをはじめたのは悲しみが形を変えてのことかもしれない。

「いや、妻が飼っていた猫だ」

「あ……ごめんなさい」

「謝ることはない。本当のことだから」

ガートの頭をなでながら唐麻さんは見えない海を見ている。

奥さんが飼っていた……。過去形なのはふたりが別れてしまったから？　それとも……。

「三年前に亡くなったんだ」

その言葉に胸を貫かれた気がした。あまりの衝撃に唖然と横顔を見る。

彼の瞳に常にある悲しみは、亡くなった奥さんが原因だったんだ……。

「そうだったんですね……。あの――」

「もう聞くな。話したくない」

拒絶の声に暗い海へ視線を逃がした。家族のことを話してくれたことがあるけれど、それは両親のことだけじゃなく、奥さんのことでもあったんだ。

「……ひょっとしてあのピアノも」

思わず聞いてしまい、慌てて口をつぐんだ。ピアノの音を探るように顔を向けた唐麻さんが、「ああ」とだけうなずいた。

奥さんの弾いていたピアノが宝物だったんだ。

どれほどの悲しみに打ちのめされたのだろう。それは今も終わらない波のように唐麻さんを――。

バタバタと足音が聞こえてふり向くと、亜梨沙さんが砂を蹴散らしながら駆けてくる。ドレスみたいなスカートが風にあおられている。

「もう帰ったかと思って焦ったわ。なになに、ふたりで密会かいな」

ニヤニヤする亜梨沙さんに唐麻さんが不機嫌そうにうなった。

「そんなんじゃない」

「別にええやん。ふたりともフリーなんやし」

さすがの唐麻さんも亜梨沙さんにはかなわないらしく、「お先に」と店のほうへ戻っていった。

まだ胸の鼓動が激しい。足跡をつけて戻っていく背中を見送ることしかできない。

私には想像すらできない悲しみを抱えているのに、唐麻さんは誰かを癒すためにポーカーフェイスをしている。

それが強さなのかと聞かれても、私にはわからない。

「そっけないなあ」

カラカラ笑う亜梨沙さんに気づかれないようにしないと。波の音に紛れて洟を啜った。

「で、今日の試食会はどうやったん？」

「一つを除いてはどれも美味しかったですよ。メニュー候補の料理が三つできました」

明るい声を意識した。

「ふうん」

砂浜に腰をおろした亜梨沙さんが、私の手をグッと引っ張ってきた。

「ちょ……」

「ええやん。夜の海でも見ようや」

強引な性格にもずいぶん慣れたみたい。砂がつくのを諦めて座る。

「今日は仕事じゃなかったんですか？」

「ああ、まあな」

ごまかすように亜梨沙さんは口をつぐんだ。

奇妙な沈黙が続く。

やがて、「あのな」と亜梨沙さんが右腕を見せて来た。

「こないだはちゃんと答えてなかったやろ。名探偵胡麦ちゃんの言う通り、この傷は自分でつけてるねん。といっても無意識にやけど」

そっと左手で傷痕に触れたあと、イヤイヤをするように首を左右にふった。

「突然、自分を壊したくなる衝動に襲われるねん。気づいたら壁とかテーブルとかに腕を叩きつけてしまう」

「亜梨沙さん……」

「復讐するためにはじめた仕事やのに、心のどこかで親を許したい気持ちがまだ残ってる。だから苦しいんやろうなあ」

膝を抱えた亜梨沙さんが小さな女の子のように見えた。

「なあ」と海風に髪を躍らせながら亜梨沙さんが顔だけをこっちに向けた。

「ポポアードってやつ、胡麦ちゃんがしてみてよ」

「え……」

「このままじゃ本当に壊れそうやからさ、うちにアドバイスして」

冗談めいた口調だけど、本気で言っていることが伝わってくる。

唐麻さんだって悲しみを抱えながらポボアードを続けている。悲しい人が悲しい人を助けられるなら……。

「逃げるが勝ち、って言葉がありますよね？」

亜梨沙さんは眉をひそめて、渋々という感じでうなずいた。

「私、その言葉って好きじゃなかったんです。だって逃げることはやっぱり負けだと思うから。だけど、本当に苦しいなら逃げたっていいと思うんです。少なくとも私はそうすることにしました」

「部屋を探してるくらいやもんな」

風に乗って克弥くんの弾くピアノが聞こえる。もの悲しいメロディが夜の海によく似合っている。

「亜梨沙さんは親に復讐をしたかった。だけど心のどこかで愛してほしいと思っている自分もいた。代わりに男性を憎むようになったのに、憎み切れない。それは、亜梨沙さんがやさしい人だからだと思います」

「そんなことない。うちはなんにもやさしくないって。今だって怒りでいっぱいやし」

「やさしいからこそ、怒りの矛先が自分に向いたんです。だから、逃げましょう。過去の痛みは消えないけれど、新しい傷をつけるくらいなら逃げるが勝ちです」

きょとんと目を丸くしたあと、亜梨沙さんは「ぶあ」とヘンな声をあげた。

「逃げるが勝ちってすごいアドバイスするなあ」

「私も本気で引っ越し先を探します。だから亜梨沙さんも今の環境を変えましょうよ」

逃げて遠くへ行けば、これまでのことを客観視できるようになるかもしれない。

亜梨沙さんに話をしながら、まるで自分に言い聞かせているような気分になった。

店の照明を落としたらしく、急に周りが真っ暗になった。

フロアのわずかな明かりのなか、克弥くんはまだピアノを弾いている。まるでその空間だけが宙に浮かんでいるように見える。

「うわ、見て！」

亜梨沙さんが空を見あげて歓声をあげた。

空には無数の星が光っていた。私たちの真上にあるのは天の川だろうか。

「すごい……。こんなにはっきりと見えるんですね」

「なあなあ、横にならへん？」

「え、それは……」

言ってる間に押し倒されてしまった。髪に砂がつくのをあきらめて天を見れば、視界いっぱいに星が瞬いていた。

「すごい……」

なんてこの世界は広いのだろう。空も星も海も、あまりに大きくて自分の悩みなんてちっぽけに感じてしまう。

「実はさ……今日風俗の仕事辞めてきた」

ぽつりと言う亜梨沙さんがどんな表情をしているのか、もうはっきりとは見えない。

ああ、だからこの時間にここに来られたんだ……。

「辞めたあと少し後悔もしたんや。でもさ、今の胡麦ちゃんの話を聞いて正解だったと思えたわ」

自分で決めて行動するなんて、今までの私にはない選択肢だった。でも、今日からは違う。

「私も逃げます。一緒に逃げましょう」

「そやな。逃げるが勝ちや」

クスクス笑ったあと、亜梨沙さんは声を押し殺して泣いた。

気づけば私の頬にも涙がこぼれていた。

暗闇のなかで迷っても大丈夫。無数の星が私たちの行き先を教えてくれるはず。

いつか私たちが本当の笑顔になれる日が来ますように。

見えない流れ星に願いをこめた。

# 第五章　長い昼休み

「人生ってアニメみたいにはいかないよねえ」

頬杖(ほおづえ)をついて紀実ちゃんがぼやいている。

ランチタイムが終わった午後二時、ようやく昼休憩を取ることができた。

今日のまかないご飯はポルトガル風ハンバーガー。子どもの顔くらいある大きなバンズにじゃがいもとひき肉をまぜたパティやトマトやレタスが挟んである。味つけがグレービーソースということもありポルトガルっぽくはない。

はあ、と紀実ちゃんがため息をついた。

まだ知り合って一カ月ちょっとだけど、ブルーな日の彼女がやっかいなことは身に染みている。一度愚痴がはじまると休憩時間ギリギリまで聞く羽目になるのだ。

「なんで私は成長しないんだろう」

「……ん」

相槌(あいづち)を打ちつつスマホのチェックで忙しいフリをした。

「映画だって二時間もあればエンディングにたどり着けるのにさ」

「うん」

「私の人生はお先真っ暗。ハッピーエンドなんて永遠に来ない」

「そう」

「ああ、きっとこのまま孤独に年を取っていくんだわ」

　これじゃあいつになっても食べはじめられない。ハンバーガーを置き、降参よろしく両手をあげた。

「わかったわかった。なにに悩んでるのか聞くから言って」

「別に相談に乗ってほしいわけじゃないけど、胡麦ちゃんがどうしても聞きたいなら話してあげる」

　今の二十歳ってこんな感じなの？

　私のあきれ顔に気づかず、紀実ちゃんは「でさあ」とつまらなそうに頬を膨らませた。

「ここのスタッフってみんな成長してる感じしない？」

「え、どういうこと？」

「克弥くんが弾くピアノ、お客さんから大好評じゃん。通信制の高校にも編入したんだよね？」

　ティータイムで克弥くんが不定期で弾くピアノはSNSにも投稿され、サイトには公演予定日まで掲載されるようになった。開催日はスマホを片手に若い子や上品なマダムでにぎわっている。

　不登校だった高校から通信制の高校に切り変えた克弥くんは、前よりもさらに前髪を切り、笑うことも増えた。短い言葉だと会話が成立するレベルにもなっている。

「亜梨沙さんだって夜のお店を引退したもんね」

「でも、しばらくここも休むことになっちゃったし」

亜梨沙さんは八月になってすぐ、何度目かの休業宣言をしたのだ。日本一周旅行に出かけるそうだが、本気かどうかは怪しいところ。さすがにシフトが出たあとだったので、九月からの予定だ。

「すごくさみしい。亜梨沙さんを応援したいけどさ、やっぱりここにいてほしいもん」
キュッと唇をすぼめる紀実ちゃん。

私だってさみしくてたまらない。出会って間もない誰かに、こんな感情を抱くなんて思っていなかった。

「それにさ」と、紀実ちゃんは鼻からフンと息を出した。

「あの無愛想だった唐麻さんだって最近やわらかくなった気がするし、健太くんなんてケアマネジャーの資格を取るって張り切ってるじゃん」

言われてみるとたしかにそうだ。この短い期間でも変化は起きている。

「それに」と、得意の上目遣いで見てくる。

「胡麦ちゃんもひとり暮らしするんでしょ。ほら、やっぱり私だけなんにも成長してない」

「私だって同じだよ。ひとり暮らしをする、って宣言したのに部屋も決まってないし」

「ひとり暮らしをすることを決めたってことが大切なの。それに比べて私は、相変わらず吐いてるし、オーディションだって落ちまくりだし」

「えっと……あっ、ほら、ポポアードの回数を増やしてもらったよね？」

「胡麦ちゃんが提案したんじゃん。自発的な変化じゃないもん」

ああ、これじゃあいつもの愚痴大会になってしまう。

紀実ちゃんにだってたくさんの変化はある。暴飲暴食もしなくなったし、無理して明るくふるまうことも少なくなった。でも、今それを言っても否定されてしまうだろう。

人との関わりが深くなるたびに、言葉の無力さを実感する。

私の葛藤に気づくことなく、紀実ちゃんは「で」と続けた。

「病院のほうはどうするか決めたの？」

「……復職しなきゃって気持ちは小さくなってるけど、退職する勇気もないんだよね。日によって気持ちが変わるから結論が出せない感じ」

ぱあ、と顔を輝かせた紀実ちゃんに目を疑ってしまう。

「成長してないことをよろこぶなんてひどい」

文句を言うと今度はツンと澄ました顔をしている。

「私って性格悪いの。知らなかった？」

「なん」

足元のガートが私の膝に前足をかけてきた。勤務の回数を重ねたせいか、ポケットに忍ばせた煮干しのおかげか。

なんにしても認められた気がしてうれしい。

目ざとく見つけた紀実ちゃんが「もう」と嘆いた。

「ガートまで成長してるっていうのに！」

猫にまで当たるのは重症だ。なにか話題を変えないと……。

壁に貼ってあるポスターに目が留まった。

「お盆明けに花火大会があるんだね。何年かぶりの復活じゃない？」

ちなみにポスターにでっかく『四年ぶりの開催！』と書いてあるのは知っている。

興味なさそうにチラッとポスターを見たあと、紀実ちゃんは手鏡で前髪を整えだした。

「花火大会なんて混むだけじゃん。ここからは見えないし」

「前に花火のこと言ってなかったっけ？」

「ああ」と紀実ちゃんが唇をとがらせた。

「毎年そこの砂浜で花火をするんだよ。今年は十八日だった気がする」

「みんなで花火をするなんて楽しみだね」

「だね」

やっと肯定的な言葉を引き出すことができてホッとした。もっと盛りあげないと。

「花火なんていつぶりだろう。今の花火ってきっとすごいんだろうね」

「毎年、結構本格的にやるんだよ。打ちあげ花火だってあるし」

再び頬杖をつくと紀実ちゃんは「ああ」と声のトーンをまた落とす。

「花火だって一度はパッと花開くんだもんね。それに比べて私は……」

　ああ、と天井を仰いでから私はため息をついた。


　休憩が終わるとティータイムがはじまる。

　克弥くんのピアノ演奏のおかげでティータイム専用のメニューもできた。今日、克弥くんは休みだけど、これまでに比べて客足が伸びているのはわかる。

　さぞかしよろこんでいるだろう、とバーカウンターの唐麻さんに目をやると、グラスを磨く手を止めてぼんやりしている。

　最近、フリーズする唐麻さんをよく見かける。

　ポポアードの時ですらぼんやりしていることもあり、具合が悪いのかと心配になる。ぼんやりする唐麻さんを見るたびに、会ったこともない奥さんの顔がちらつく。奥さんが亡くなったことを聞いた日、彼の悲しい目をする原因がわかった気がした。

　どれほどの悲しみに苦しめられているのだろう。

　病院で勤務している時、死はいつも隣にいた。昨日まで元気だった人がいなくなることが当たり前の世界。悲しんでいる家族にかける言葉を持たなかった私が、唐麻さんになにか言えるはずがない。

　気づかぬフリでテーブルの片づけをしていると、亜梨沙さんがニコニコと近づいてきた。

「ああ、早く夏が終わらへんかな。もう気持ちは北海道に飛んでんねん」

亜梨沙さんはすこぶる元気だ。腕の傷はまだあるけれど、前よりは確実に減っている。

「日本一周、本当に行くんですか？」

「一周やなくて縦断や。ま、気ままに旅をしてくるわ。一旦退職しようって思ったんやけど、唐麻さんが『入退社の手続きが面倒だから籍は残しておく』ってさ」

「じゃあ戻ってきてくれるんですね」

そう言うと、亜梨沙さんは眉をひそめた。

「いつになるかわからへんで。その時まで胡麦ちゃん、ここにおるんか？」

「あ……そうでした」

ＳＥＳＴＡという店名の由来は『なにをしてもいい昼休み』。こんな毎日がずっと続く気がしていたけれど、もうすぐ私の昼休みは終わる。体も心も確実に復調しているから次の診察で傷病休暇は終了になるだろう。

「親に退職することも伝えたんやろ？　逃げるが勝ちやで」

前に私が言ったことをそのまま口にしたあと、亜梨沙さんは豪快に笑った。

「それはそうですけど、亜梨沙さんが旅立ってしまったら部屋探しだって困っちゃいます」

「なに言うてんねん。自分が住みたいって思ったところに判をポンと押すだけやん」

「最終候補に残った部屋を却下したの、亜梨沙さんじゃないですか」

仮契約直前まで進んだのに、亜梨沙さんが断固反対したせいでふり出しに戻ってしまったのだ。一応、不動産屋さんにはまだキープをしてもらっている。

思い出したのだろう、しばらく間を置いて亜梨沙さんは人差し指を左右にふった。

「あの部屋はあかん。むしろいい部分を探すほうが難しいくらいや。まあ、がんばるしかないな。――いらっしゃいませ」

見ると、新たな客が入ってくるところだった。仕事用の顔になった亜梨沙さんが出迎えに行った。客の女性が店内を見渡した。目が合う。

「え……」

思わず声に出してしまった。

全身黒いスーツで身を固めた女性客は――清水さんだった。

窓側の席へと案内される光景がスローモーションに見える。

不思議だった。もしこういうことが起きたら真っ先に逃げだすだろうと思っていたのに、体が勝手にグラスに水を注いでいる。おしぼりをトレーにセットしている。足が窓辺の席へ向いている。

「いらっしゃいませ」

そう言う私に、清水さんはまぶしそうに目を細めた。

「突然来てしまってごめんなさい」

仕事中には聞いたことのない静かな声。私がここにいることを知ってやって来たのだろう。

「日野看護師に無理を言って教えてもらったの」

日野は健太の苗字だ。反応すべき場面なのはわかっているけれど、心はしんと静まり返っている。

「ご来店ありがとうございます」

頭を下げる私に、清水さんは戸惑いを浮かべている。

「あの……少し話をさせてほしいの」

「ご注文がお決まりになりましたら――」

「あのっ」

椅子を鳴らして立った清水さんが、次の瞬間ハッと我に返り口を閉じた。そのまま花がしおれるようにうつむいてしまう。

「ご注文はお決まりですか？」

尋ねる自分をどこか遠くで見ているみたい。

いつかはこんな日が来ると思っていた。ナースステーションでそうだったように罵倒されたり叱られたりすると思いこんでいた。

予想外の反応に、機械的な接客をすることしかできなかった。

「コーヒーを……アイスコーヒーをください」

テーブルとにらめっこをしたままで、清水さんがささやくように言った。

「かしこまりました」

オーダー票に記しその場をあとにする。

途中で呼び止められる気がしたけれど、なにも言われないままバーカウンターへ戻る。

聞こえていたのだろう、唐麻さんはミルに豆をセットしていた。SESTAではアイスコーヒーも豆から挽（ひ）いて作るので時間がかかる。

ゴリゴリと響く音だけがフロアに満ちているようだ。

「なにかあったか？」

久しぶりに唐麻さん発信の声を聞いた気がした。

「大丈夫です」

「大丈夫は、大丈夫じゃない人が多用する言葉だ」

ドリッパーにお湯を注ぎながら唐麻さんは言った。先ほどまでのぼんやりした顔ではなく、仕事用の顔に戻っている。

ふり向くと清水さんは肘（ひじ）をつき窓からの景色を眺めていた。

ああ、やっぱり清水さんが来店しているんだ、と今さらながら実感する。

「今、来店されたお客様なのですが、病院の上司なんです」

「なるほど、あの人が清水師長さんか」

彼女はなにをしにここへ来たのだろう？

アイスコーヒーを出してしまえば、そのあとは関わらないようにしよう。それとも、亜梨沙さんに提供を頼んで、スタッフルームに逃げさせてもらおうか……。

「どうすれば……」

ひとり言が勝手にこぼれてしまった。

氷がギッチリ入ったグラスにコーヒーを注ぎながら、

「時間を差しあげましょう」

と、唐麻さんはポポアードの人格を降臨させた。

「時間、ですか?」

「胡麦さんはもう自分との和解ができています。進むべき道についても結論が出ましたよね?」

カウンターにアイスコーヒーを置くと、唐麻さんはやさしくほほ笑んだ。

「自分なりの結論を示すための時間を差しあげます。私がこれを運んでもいいし、胡麦さんはスタッフルームで隠れていてもいい。もちろん、ほかの選択肢だって選べます。それは今の胡麦さんに必要な選択肢かもしれません」

「それって、ほかの選択肢を選ぶように仕向けてません?」

清水さんに聞こえないようにボリュームを絞った。

「あ、ばれてしまいましたか」

なんて、唐麻さんはいたずらっ子みたいに笑っている。

こんな状況なのに心の波は穏やかなままだ。

亜梨沙さんに言ったように『逃げるが勝ち』とも思う。だけど、その前にちゃんと気持ちを伝えたい自分がいた。

「ありがとうございます。少しだけ休憩時間をもらえますか？」

「もちろんです。よいポボアードになるといいですね」

ポボアードの意味は自分との和解。私が先に進むためには、ちゃんと清水さんと向き合わなければならない。

エプロンを外すと、すでに指が震えていた。唐麻さんにお礼を言い、清水さんのもとへ向かう。

「お待たせいたしました」

清水さんはなにか言いかけて、すぐに口を閉じてしまった。きっと私が話をしてくれないと諦めているのだろう。

清水さんの前にアイスコーヒーを置き、

「失礼します」

頭を下げてから向かい側の席についた。

「え……」

「休憩時間をもらいました。少しだけお話、いいですか？」

居住まいを正した清水さんは、勤務の時とは違って薄いメークをしている。白髪染めをしたのだろう、結んでいない髪が昼過ぎの太陽にキラキラ輝いていた。

「あの……私から言わせて。先日は……避けてしまってごめんなさい」

病院で再会した時のことを言っているのだろう。

あの日の冷たい視線を、もう何度もくり返し思い出してきた。

だけど今ならわかる。あの時に心の準備ができていなかったのは、私のほうだ。

「お仕事中でしたし、あの時話しかけられていたなら、私のほうが逃げちゃったかもしれません」

しんとした沈黙が流れた。アイスコーヒーのグラスが汗をかき、滴がゆっくりと表面をなぞっている。

「あの……体調はどうなの？」

意を決したように清水さんが言った。

「もう大丈夫です。次の受診で終わりかと思っています」

「医療事故のこと、事情も知らずに責めてしまってごめんなさい」

「それについても大丈夫です」

ああ、唐麻さんが言ったように、大丈夫を多用してしまっている。

アイスコーヒーに手をつけることもなく、清水さんは苦渋の表情を浮かべている。

「処分についても、本当にごめんなさい。一度決定してしまうとどうしようもなくて……」

これまでは相手を怒らせないようにだけ注意してきた。どう言えばこの場が丸く収まるかだけを考えて行動してきた。

　今でも自分との和解ができているかはわからないけれど、

『事情を知ったのなら謝罪はできましたよね？』

『処分を変えるように働きかけてくれたんですか？』

　そんなふうに責めるのは、やっぱり違う気がする。

　ここで働いたからこそわかったこと。自分に正直に生きるということは、なんでも自由に話していいわけではないってことだ。

　誰もが悲しみを抱えて生きていくのなら、自分を主張するだけじゃなく相手の心も理解していきたい。

「私……清水さんがずっと怖かったんです」

　するりと出た言葉がなぜか誇らしかった。ハッと私を見る目をまっすぐ見返した。

「清水さんと話をするたびに次はなにを言われるのだろう、っておびえていました。まるで私だけがいじめられているような感覚でした」

「それは……」

「たしかに清水さんの言葉は厳しいと思います。でも、今はわかります。清水さんは患者様の命を守るために、そしてスタッフを守るために言ってくれていたんだって」

　ぬるま湯のような環境で働いていたなら、今度は私が医療事故を起こしていたかもしれない。

「看護師になることを夢見ていました。働いてみてわかったことは、自分には命を預かる覚悟がなかったということです」

そう、私には覚悟がなかった。長年本気でやってきた清水さんにとって、私の薄っぺらな情熱は許せなかったのだろう。行き過ぎた指導や叱責があったのは事実だとしても、私自身にも問題があった。

それに気づいた時、やっと自分と和解できた気がした。

「そんなこと……。一生懸命やってくれていたのに、私が萎縮させてしまったのよ」

眉間にシワを寄せた清水さんはしばらく黙っていたが、やがて意を決したように顔をあげた。

「もう一度一緒にがんばらない？　みんな米沢さんのこと、待ってるのよ」

清水さんはいつも私のことを『あなた』と呼んでいた。久しぶりに苗字で呼ばれたことがうれしかった。同時に、自分の決意に揺らぎがないことを知った。

「夢が大人になってから変わることもあると思うんです。まだ具体的ではありませんが、その夢に向かってがんばろうって思えたんです。看護師として勉強させていただいたことは決して無駄にはしません」

「米沢さ――」

「このまま退職しようと思っています」

清水さんは数秒ぽかんとしていたけれど、やがて叱られた子どものようにうつむいてしまった。

「……気持ちは変わらないの？」

「ご迷惑をかけて申し訳ありません。今日、わざわざ来てくれたこと、本当にうれしかったです」

頭を下げると、ずっと持っていた鉛のような荷物が消えるのを感じた。

言葉はいつも無力だ。それでも、伝える勇気は必要なんだ。本当の気持ちを言えたことがうれしくてたまらない。

おずおずと顔をあげた清水さんが驚いた表情になるのを見て、自分が笑っていることに気づいた。

「なんだか……別の人としゃべっているみたい。私が米沢さんの笑顔を消していたのね」

「清水さんのせいじゃありません。ここで働くスタッフのおかげなんです」

カウンターにいる唐麻さんに目を向ける。

が、彼はまたしてもぼんやりと宙を眺めている。ここは目を合わせてほほ笑むべき場面なのに。

「改めて退職届を持参します」

罪悪感がないと言えば嘘になる。

この決断を正しかったと思える日が来ればいいな。

そう、思った。

最近は家で食事をとっていない。

退職宣言をしてからというもの、これまで以上に家族との接触を避けている。たまに廊下ですれ違ってもダッシュで部屋に戻っていた。

意外だったのは、両親からの小言が今になってもないこと。退職もひとり暮らしについても、強制的に撤回させられると覚悟をしていたのに、数日経っても部屋のドアがノックされることはなかった。

嵐の前の静けさなのかもしれないけれど、それはそれで怖い。

今日も仕事から帰ると自室にこもった。夕飯はコンビニで買ったおにぎり二個と卵サラダ。ペットボトルのお茶も買ったのでリビングに顔を出さずに済むというわけ。

スマホを開き、最終候補に残った部屋の情報を眺める。

築二十年の古いマンションだがオートロックつき、二階の1LDKで家賃もそこそこ。ありふれた物件だったけれど、決定打は家具や家電が備えつけだったこと。これならカバンひとつの荷物だけで住むことができそう。

すぐにでも契約したいのに、亜梨沙さんは猛反対している。

『家賃が予算より高い』

『人通りが少ないから危ない』

なんだかんだとマイナス点を羅列し続けている。

かと言って、亜梨沙さんはいなくなってしまう今、新たな部屋を探すには時間がなさすぎる。

「ここで決めようかな……」

今度亜梨沙さんに会った時にもう一度聞いてみよう。いや、また反対されたら困るので、先に仮契約のアポを取ってしまおうか……。

もうすぐお盆の時期が来るので、不動産屋の休みもチェックしておこう。

初めてSESTAを訪れてから二カ月も経っていないなんて信じられない。

新しい出会いの連続と新しい業務。一日はあっという間に過ぎていき、新堂さんと店を訪れた日が遥か昔のことのように思える。

自分のことで精いっぱいだった。闇のなかでうずくまっているような日々だった。

そんな私を救ってくれたのは、唐麻さんをはじめとするスタッフたち。周りに目を向けることで自分自身と向き合えたんだ。

今日の清水さんとのことだって、ひとりじゃなにもできなかっただろう。

だからこそ、最近の唐麻さんの様子が気になってしまう。今日の勤務が終わったあともテラス席に座り海をぼんやりと眺めていた。

食べ終わったおにぎりの包みをくしゃっと丸める。

――今度は私が唐麻さんを救いたい。

頭に浮かんだ気持ちが急速に大きくなっていくのを感じた。

「でも……」

私の問題も完全に片づいたわけじゃない。家を出ることも看護師を辞めることも決断したのはいいけれど、どちらも実行できていない。

今だって二階へ逃げてしまっているし……。

できることをしてから唐麻さんと向き合いたい。頑固な人だけど、ポボアードの時なら耳を傾けてくれるかもしれない。

熱い思いが冷めないうちに、勢いそのままに一階へ下りた。

父はリビングで相変わらず新聞を読み、母はキッチンで洗い物、紗英はテーブルでスマホを眺めていた。

「ご飯は?」

短い言葉で尋ねる母はまだ怒っているみたい。私に視線を向けることなく尋ねた。

「食べたから大丈夫」

母は返事の代わりに蛇口から勢いよく水を出した。

不思議と怖い気持ちは湧いてこなかった。この問題を解決して、唐麻さんと向き合いたい気持ちのほうがはるかに強い。

「みんなに話があるの」

「話?」

母は洗い物の手を止めずに大きな声で聞き返した。

「これからのことについて、話をしたいの」

水が、止まった。母はタオルで手を拭くと、私を押しのけるように父の隣に座った。父も新聞を乱暴に折りたたみ投げるように置く。テーブルの紗英はまだスマホから目を逸らさない。

息を止めていたことに気づき、大きく深呼吸をした。

「今日、上司に会ったの。その時にこれまでのことを謝罪してから、退職することを伝えた」

「は……？」

聞いたことのないような低い声で母は問う。

「なにを言うの。なにを、言ってるのよ」

ブツブツとくり返す母の口調が荒くなっていく。反論をしたあの日から、ずっと溜まっていた怒りが今にも爆発してしまいそう。

だけど、本当の気持ちをどうしても伝えたい。

「看護師になりたいと思ってた。お父さんやお母さんが医師にしたいことを知っていたのに、どうしてもなりたかった」

「だったら！」

立ちあがろうとした母の手を強引に父が引っ張った。

「最後まで言わせてあげなさい」

父の目は鋭く私を捉えている。最後まで話をしたあとに猛反撃されるかもしれない。フローリングに落ちかけた視線を意識して前へ向ける。

「まだ二年と少ししか働いていないことはわかってる。覚えることもたくさんあるし、何年かすればやりがいも出てくると思う。でも、あんなになりたいと思っていたのに、もうあの時の情熱はどこにもないの。上司にいじめられたとか医療事故の責任を押しつけられたとか、そういうことだけじゃなく、私が自分で決めたの」

母は怒りに肩を震わせ、反対に父は静かに私を観察している。

「新しくやりたいことも見つかったけど、それが一生の仕事になるかはわからない。でも、今はその道に進んでみたいと思う。家を出るのも自分で決めたこと。間違った選択でもいい。あとで『あの選択が正しかった』って思えるようにがんばるから」

怖さや苦しみ、悲しみさえも感じず、自分の気持ちを言葉にするのは初めてだった。

「なに言ってるのよ……」

やっぱり母には伝わらない。幽霊のようにユラリと立つと憎しみのこもった顔を向けてくる。

ドラマや映画なら和解のシーンでも、うちは例外だ。子どもの頃から絶対服従だった私が、看護師になったことだけでも許せないのに、退職とひとり暮らしというふたつの反乱を起こしているのだから無理はない。

「どれだけ迷惑をかければ気が済むのよ。仕事を辞めてひとり暮らし？　何年経っても間違った選択だと思うに決まってるじゃない！」

「違う――」

「お父さん！　やっぱりこうなるじゃない。お父さんの言う通りに黙っていた結果がこれ。なんにも反省してないじゃない！」

ああ、そうだったんだ。母がなにも言ってこなかったのは、父が止めてくれていたんだ……。

「いいから座りなさい」

「座りません！　だってどうするのよ。帆心に逆らったら紗英の実習はどうなるの⁉世間様にどう顔向けすればいいのよ！」

「座りなさい！」

まさか父に止められると思っていなかったのだろう。唖然とした顔のまま、母はゆっくりと腰をおろした。が、燃えるような瞳は私に向いたままだ。

しばらくじっと考えこんでいた父が「俺は」と低い声で言った。

「胡麦のことがまるで理解できていない。医師になるための学力もあったのに看護師になった。看護師になってからもつらそうで、しまいには心の病気になり休職。復帰するものだと信じていたのに、まるで裏切られた気持ちだ」

「そうよ！　どれだけ私たちが裏切られたか！」

激しく同意する母を無視して父は首を横にふった。

「退職もひとり暮らしも親として認めることはできない。これが結論だ」

怒りに身を任せた母よりも、父の静かな拒否が胸に突き刺さった。

どっちにしてもふたりにはわかってもらえなかった。

「お父さんの言ってること、ちゃんとわかったの？　すぐに上司に退職を撤回しなさい」

水を得た魚のように母の攻撃が再開する。

あきらめたくないのに、濁流に呑みこまれていく自分が見える。

その時だった。紗英が「ねえ」と椅子の背もたれに腕をかけてふり返った。

「さっきからうるさいんだけど」

「そうよね。これから実習っていうのにごめんなさいね」

猫なで声の母が、キッとにらんできた。

「あんたがこんなことを言い出すから紗英にまで迷惑が――」

「うるさいのはお母さんだよ」

「え……？」

ぽかんとした表情で母はフリーズした。

紗英は、メガネを押しあげた人差し指を、私に見せるようにそのまま隣の席へ向けた。

……ここに座れ、ってこと？

導かれるように隣に座ると、紗英はそれでいいというようにあごを上下させた。

「この際だから親子対決しとくね。先に言っておくけど、これはお姉ちゃんのためじゃなくて今後の自分のためだから」

「あ、うん」

なにが起こっているのかわからない。父も同じようで、せわしなく私と紗英を交互に見ている。

「お母さんは、私たちが子どもの頃からずっとうるさい。医者にしたい気持ちはわかるけど、なんでそんなに弱気なの？」

「え、待って」と思わず口を挟んでしまう。

「弱気って言った？」

強気の間違いじゃないの？　いつも怒っている印象しかない母。弱気なのは私のほうだろう。

「は？」

ひと言で私を制すると、紗英はこれ見よがしに足を組んだ。

「そりゃあ医師ばかりの一族に嫁ぐのって大変だと思うよ。おじいちゃんが医者同士で結婚させたがっていたのを強引に結婚に持って行ったのも知ってる。医者ばかりの一族のなかで、これ以上肩身の狭い思いをしないように、私たちを医者にする必要があったんだよね」

「そんなこと……」

「そんなことあるよ。絶対に医者にしなくちゃいけないってプレッシャーをかけまくりだもん。でもそれって、私たちの幸せのためじゃなく、自分の安心のためだもんね。不安で仕方ないからいつも怯(おび)えてた」

もう母は青い顔で紗英の口元だけに注目している。怒りは存在しておらず、弱さが露呈しているのを隠そうともしない。

「いい加減にしろ」

両手をきつく握った父が見たことがないくらい険しい顔で言うが、紗英は涼しい顔のまま。

「ううん最後まで聞いてもらう。医者には傾聴が必要なんでしょ」

「…………」

「お父さんもお父さんだよ。口を開けば成績のことばかり。医者になることが幸せの条件だって言いたいんだろうけど、子どもってもっと自由なんだよ。魅力も言わずに強制されたら、誰だって逃げたくなるし、新しい夢も出てくる」

ひょっとしたら紗英にも夢があったのかもしれない。それに気づかず、紗英がいるから大丈夫だと思いこんでいた。

「もうお姉ちゃんのことはあきらめたほうがいい。この人、看護師になる時もそうだったけど、一度決めたらてこでも動かないから」

立ちあがった紗英が去り際にふり向いた。その視線は私にではなく、ソファで啞然とするふたりに向けられている。

「安心して。私はちゃんと医者になるから。国家試験だってお父さんよりもいい成績を取るつもりだから」

リビングのドアが閉まると同時に立ちあがって紗英を追いかけた。廊下に出ると紗英は階段を途中までのぼっている。

「待って」

聞こえているはずなのに紗英は足を止めてくれない。

「紗英、お願い！」

階段を駆けのぼりながら叫ぶと、二階のフロアでやっとふり向いてくれた。その表情はこの数年見たことがないほど穏やかだった。

「味方したわけじゃないから勘違いしないで。お姉ちゃんにだって反省すべきところは山ほどあるんだから。もっと自分の気持ちを伝える努力をしないと」

「そうだよね……」

「それでもさ、退職することもひとり暮らしすることも、お姉ちゃんにしてはよく言えたほうだと思うよ。これからは好きなようにやってみればいいじゃん」

あきれた顔で紗英は少しだけ笑っている。

私は……ちっとも紗英のことを考えてこなかった。こみあげる涙をこらえた。

猛烈な後悔が嵐のように吹き荒れている。

「ねえ……紗英にもひょっとして夢があったの？」

私のせいで夢をあきらめてしまっていたなら謝っても許されないだろう。

「なによ急に」

「……こういう話をしたことがなかったから」

私たちの間に会話らしい会話がなくなったのはいつからだろう。こんなふうにふたりで話をするのは何年ぶりかもわからない。

「そりゃあ夢くらいあったよ。でも現実的じゃなかったし、やっぱ医者がいちばんでしょ。ゆくゆくはお父さんの内科を継げば安泰だし。もちろん結婚は自由にさせてもらうよ。と言っても絶賛彼氏募集中だけど」

「それは……本当の気持ち、なの？」

ボロボロとこぼれる涙をそのままに尋ねると、紗英はわざとらしいため息で答えた。

「あのね、私はお姉ちゃんと違うの。言いたいことを我慢できない私の性格、知ってるでしょ」

そう言ったあと、紗英はなにか言いかけて口をつぐんだ。

「紗英……？」

「――あのカフェ、すごくいいところじゃん」

突然のことで頭が真っ白になった。涙も一緒に止まったらしく、ニヤニヤ笑う紗英になんの反応もできない。

「こないだ免許持ってる友だちに乗せてもらって行ったんだ。お姉ちゃんは休みだったけど、健太さんっていう人がいてさ。病院で顔合わせしたこと覚えててくれてた」

そんなことがあったなんて知らなかった。

「あの人、すごいキャラだよね。お姉ちゃんのこと聞いたら、人差し指を口に当ててウインクしてきた。で、言ったの。『胡麦のことはあたしたちに任せてちょうだい』って。なんか笑っちゃった」

健太なら言いそうなことだ。

「また来てくれてたんだね。知らなかった」

「好きにすればいいんじゃない？　お父さんもお母さんも新しい道を見つけたお姉ちゃんに嫉妬(しっと)してんだよ。ほら、子どもは大人に成長できるけど、大人はもう子どもには戻れないからさ。一応説明しておくと、今のはお姉ちゃんが子どもっぽいっていう嫌みをこめてるから」

歩き出した紗英が見えなくなったので慌てて階段をのぼると、もう自分の部屋の前に立っている。このまま終わらせちゃいけない。

「実習で迷惑かけちゃうけどごめんね。本当にごめんなさい」

「どうでもいいよ。実習なんてただのカリキュラムのひとつだし。それより大人の私から先に言っておくね。もしもお父さんになにかあったら、遺産分割は私に有利にすること。それを呑(の)めるなら引っ越しも手伝ってもいい。ちょっと考えておいて」

話は終わり、と紗英は部屋に戻っていった。ドアが閉められたあとも心がポカポカとあたたかい。

紗英のことを苦手だと思っていた自分が恥ずかしい。ぶっきらぼうでもちゃんと考えてくれていたんだ……。

紗英のおかげでぎこちなくも家の問題は解決できた。同時に唐麻さんのことが頭に浮かぶ。

時計を見ると午後七時を過ぎたところ。

さすがにテラス席にはもういないだろう。

悲しい瞳は出会った日から胸に残っている。恋とか愛とかじゃなく、ただ唐麻さんの悲しみを知りたいと思った。

深呼吸をひとつしてから、私は一階へ下りた。

夜のSESTAは闇のなかに漂う船のよう。

波は音だけでその存在を示し、明かりの消えた店の真上には星が広がっている。

スマホのライトを頼りに店に向かうがやっぱり唐麻さんはいない。二階の照明も消されているので、もう部屋に戻ったのかもしれない。

勢いのまま来てしまったけれど、さすがにこの時間に訪ねるのは非常識かもしれない。

海風が私の熱を冷まし、夜に溶けていくようだ。

唐麻さんに伝えたいことがあった。聞きたいこともあった。明日、店が定休日なので出直すしかないか……。

「なん」

ガートの声が聞こえた気がしたけれど姿が見えない。

耳を澄ましながらライトを向けると、ガートの尻尾が見えた。

「ガート。外にいたの？」

普段は二階で一緒に寝ていると聞いていたのに、どうしてだろう。

しゃがんだ膝に、グルグルと喉を鳴らしながら頭を引っつけてくる。その毛に砂がまとわりついていることに気づいた。

ひょっとして……。

砂浜にライトを向けると同時に、

「唐麻さん！」

と叫んでいた。

うしろ向きで座っているのは間違いなく唐麻さんだ。ライトに照らされた唐麻さんが手の甲で顔をこすっているのがわかった。

まさか……泣いているの？

足がすくんで動けなくなる。でも、唐麻さんに会うために来たのだから。

砂を散らしながら駆け寄ると、ライトの中で唐麻さんは憮然とした顔をしていた。

「忘れ物か？」

「あ、いえ……」

冷静に考えれば泣いているわけがない。慌ててライトの方向を変えると、その表情は闇に隠れた。

「ちょっとお話があって来ました」

「基本的に返事はＮＯだ」

「まだなにも言ってませんけど」

「こんな夜にわざわざ来るなんて、考え得る話はふたつ。俺への告白か、この店を辞めたいか。どっちにしても困る」

どこまで本気なのかわからないことを言ってくる。相変わらずのそっけない態度に安心する自分がいる。

「そういうのじゃありませんから。座っていいですか？」

「勝手にしろ」

隣に座ると波の音がより力強く聞こえた。亜梨沙さんと星を眺めて以来の夜の海は暗く、少し先も見えない。代わりに吸いこまれそうなほどの夏の星が空に広がっている。

「ここでなにをしていたんですか？」

「別に」

「いつもすぐ部屋に戻るじゃないですか」

「そうか？」

クスクス笑う私に、唐麻さんは不機嫌そうにうなった。

「で、なにしに来たんだ？」

唐麻さんの話を聞きたくて来たと言えば、秒で却下されるだろう。短いつき合いでも、それくらいはわかるから。

「今からポボアードは無理ですか？」

「なにかあったのですか？」

間髪を容れずに人格を交代させた唐麻さん。

けれど、いつもより声に張りがないのがわかった。

まずは自分について話をすることにしよう。膝を抱えて見えない海を眺めた。

「親にちゃんと話をしてきました。看護師を辞めることも家を出ることも」

「結論が出たのですね」

「親はきっと、負け犬の遠吠えだと思っていると思います」

「なるほど。The howl of a dog that lose ですね」

人差し指を立てた唐麻さんの声に、やっぱり張りがない。

「負け犬の遠吠えにはほかの言いかたもあります。The fox and the grapes は、キツネが出てきますね」

「キツネとブドウ、ってどういう意味ですか？」

「木にぶら下がったブドウが取れずにキツネが悔しがっている様子です。もっと略してSour grapesと言ったりもします。ほかにもBarking like Chihuahuaというのもあって、チワワが吠えている様子を……」

立てた人差し指が風に負けるようにゆっくりと折れていく。

「唐麻さん」

「はい、なんでしょうか」

ぎこちない笑みの奥で本当の唐麻さんが叫んでいる気がした。

「なにか……あったんですよね？」

「僕にですか？　いえ、特になにもありませんよ」

あごに手を当てる唐麻さんに、

「嘘です」

間を置かずに指摘すると目をパチクリさせている。

「僕が嘘をつくわけないじゃないですか」

「それも嘘です。ずっと気になっていたんですが、唐麻さんは嘘をつく時にあごに手を当てるクセがありませんか」

グランドピアノのことを聞いた時に、唐麻さんは「今のは嘘だ」と言ってあごに手を当てていた。思い返せば、亜梨沙さんの傷の件でも同じ仕草が見られた。

「そんなわけありません」

笑みを浮かべた唐麻さんは、あごに当てたままの手に気づいたのだろう、サッとおろした。

「唐麻さんのことを知りたいんです」

ザッと砂が音を鳴らした。立ちあがった唐麻さんの向こうに天の川が光っていた。

「ポボアードは終わりだ。帰ってくれ」

踵を返す唐麻さんの腕を思わずつかんでいた。「うお」とうめいて唐麻さんが砂に膝をついた。

「こないだも紀実さんにのしかかってたよな。力ずくで意見を述べるのはNG行為だ」

「あ、ごめんなさい」

「もういいから帰って――」

「お願いです、私に唐麻さんのポボアードをさせてください」

驚いた表情で固まったあと、唐麻さんは眉をひそめた。

「自分がなにを言ってるのかわかってんのか？」

不機嫌を露わにした唐麻さんが腕を引きはがそうとしてくる。

「唐麻さんだけじゃなく新堂さんも言ってくれました。弱い人が弱い人を救うこともあるんだって」

「…………」

「前にここに立っていた時、亡くなった奥様の話をしてくれましたよね？」

虚を衝かれたような顔になった唐麻さんが、苦しげに顔を伏せるのを見て確信した。海を眺める時はいつも、亡くなった奥さんのことを思い出しているんだと。

手を離すと唐麻さんは砂の上であぐらをかいた。

「……もう、いいから」

「え……」

「胡麦さんの勘の鋭さは認める。だけど、人にはどうしても触れられたくないこともあるんだよ」

やわらかい言葉の唐麻さんが本気で拒絶していることが伝わって来た。

「あ……ごめんなさい」

「いいんだ。これも負け犬の遠吠えみたいなもんだから」

はあ、と息を吐いたあと唐麻さんは海を見た。悲しみに揺れる瞳が光って見えるのは涙のせいかもしれない。

「ここですべてをさらけ出せたらいいんだろうが、そんな勇気はない」

「はい」

「胡麦さんの言う通り、弱いからこそ誰かを助けたいと思っている。けれど、自分のことは話したくないんだよ」

ゆっくり立ちあがる唐麻さんを、もう止めることはできない。ポボアードをしようとしたことが恥ずかしくていたたまれなくなる。

うつむく私の頭に唐麻さんが手を置いた。

「わかろうとしてくれる人がいる。今はそれだけで十分だ」

言葉の代わりに涙があふれてきた。悔しいのか悲しいのか、なんの涙なのかわからないまま頬を伝っていく。

「大丈夫だよ」

「それは大丈夫じゃない人が言う言葉です」

涙声で言うと、唐麻さんは軽く笑い声をあげた。

「そうだった。じゃあひとつだけ聞いてもらおうかな」

「はい」

ボロボロとこぼれる涙をこらえてうなずいた。

「もうすぐ」と言ったあと、しばらくは波の音だけが夜に響いた。

果てしない沈黙のあと、唐麻さんは決心したように顔をあげた。

「もうすぐ妻の命日なんだ。毎年この時期になると不安定になってしまう。だけど、この気持ちを忘れたくない。しばらくは迷惑をかけるけど、大目に見てほしい」

そうだったんだ……。

何度もうなずいているうちに頭にあった温度は消えた。足音だけを残して唐麻さんが去っていく。

いなくなってからも尚（なお）、唐麻さんは愛する人の面影を探して生きている。

どれほどの孤独と悲しみにさいなまれているのか、私には想像がつかない。

背中にかける言葉を探しても、波の音が邪魔をしてきっと彼には届かない。


音を立てて夜空にあがった一秒後、暗闇を割るように花火が咲いた。

市販の花火なのに想像以上に本格的で、スタッフはずっと歓声をあげてはしゃいでいる。ガートだけは音に驚いて逃げてしまったけれど。

山本さんは家族も連れてきていて、鈴木さんは鉄板を使ってフランクフルトや焼きそばを振る舞ってくれた。

ひとしきり騒いだあと、帰るスタッフや店内で飲むグループに自然にわかれていった。

私は今、健太、紀実ちゃん、亜梨沙さんの四人で線香花火大会をしている。最後まで燃やし続けるのは誰か、の競争だ。今のところ亜梨沙さんが圧勝を続けている。

「あー、もう夏が終わってしまうのね」

健太の嘆きに合わせるように、彼の持つ線香花火の先端がポトリと落ちた。

「やだ、なんでこんなに早いのよ！」

「それって夏のこと？　それとも線香花火のこと？」

ニヤニヤする亜梨沙さんに健太は風船みたいに頬を膨らませた。

「うるさいわねぇ」

「うちはさっさと終わってほしいわ。九月になったらそっこう北海道に飛ぶつもりなんや」

　亜梨沙さんの線香花火は今回もゆっくり燃え続けている。

「ひとりだけさっさといなくなるなんてひどいじゃないの」

「健太はうちが苦手なはずやん。キャラブレされると困るわ」

「人手が足りないことが問題なの。あんたのことなんて最初から最後まで苦手なんだから」

「うちもオトコは大嫌いや」

「あたしの心は誰よりも女よ！」

　言い合いをしながらもふたりの表情は明るい。反面、私はこの数日落ちこみっぱなしだ。

　あれからも唐麻さんはぼんやりしていることが多い。むしろ頻回になっている。目にするたびに、安易に励まそうとした自分が情けなくなる。愛する人を失った悲しみに寄り添いたいのに、その術を知らないなんて。

　カウンセリングの勉強をしたなら、少しは助けになれるのかな……。

「あ、落ちちゃった！」

　紀実ちゃんが叫ぶのと同時に、私の線香花火も力尽きた。

「結局亜梨沙さんの勝ちかぁ」

「当たり前や。うちには必勝法があるからな。まあ教えへんけど」

紀実ちゃんにそう言ったあと、思い出したように亜梨沙さんが私を見た。

「そう言えば部屋、早く見つけんとうちいなくなるで？」

「いや、亜梨沙さんが勝手に仮契約を断ったからじゃないですか」

仮契約することを亜梨沙さんに報告したら、その場で不動産屋さんに電話をして勝手に断ってしまったのだ。

「そやかて、やっぱり納得した部屋に住んでほしいもん」

「亜梨沙さんの条件が厳し過ぎると思うんですけど……」

親に反抗した手前、さすがにそろそろ家を出ないとマズい状況だ。

私たちの顔を交互に見ていた紀実ちゃんが「あっ」と高い声をあげた。

「私、いいこと思いつきました」

「やめて！」

途端に亜梨沙さんと健太が悲鳴をあげた。

「紀実ちゃんのアイデアでよかった例しなんていっこもないやん」

「そうよ、こないだだってひどかったわよね。『打ち水事件』！」

「あれはないわ～」

その事件なら私も知っている。テラス席を少しでも涼しくしようと、あろうことか炎天下のなか、紀実ちゃんが打ち水をはじめたのだ。朝晩の打ち水は効果があっても炎天下だと湿度があがってしまう。

案の定、紀実ちゃんは熱中症になりかけてしまい、スタッフルームで寝こんでしまったのだ。

「あれは私の勉強不足でした。でも今回のは絶対的な自信があります。私、胡麦ちゃんの引っ越し先を見つけたんです！」

「え、本当に？」

部屋を見つけてくれたなら話は別だ。身を乗り出す私に紀実ちゃんはなぜか亜梨沙さんへ視線を移した。たっぷり間を取ってから紀実ちゃんは口を開いた。

「亜梨沙さんの部屋に住めばいいんですよ」

「は⁉　なんでやねん！」

素っ頓狂（すっとんきょう）な声で亜梨沙さんがツッコんだ。

「だって、しばらく旅に出るんですよね？　その間も家賃を払い続けるなら、胡麦さんに又貸しすればいいじゃないですか」

「そうすれば家賃の負担がない、と……」

ブツブツつぶやいたあとで亜梨沙さんが急に手をポンと打った。

「そうか！　その手があったか！」

「でしょう。さすが、私」

自慢げに胸を反らせる紀実ちゃん。亜梨沙さんの部屋はマンションだし立地も環境も申し分ない。このままでいくと九月に引っ越すのは無理な話だったし、亜梨沙さんなしで物件を選ぶ自信もない。

「でも、又貸しは契約違反になる可能性がありますよ」

心を動かされながらも念のため確認する。

「ああ、言ってなかったっけ？　実はあのマンション、親戚が大家なんや。うまく言っとくから大丈夫やで」

「えっ、そうなんですか。でも……いいんですか？」

「いいもなにも、それ最高やん。なんで思いつかんかったんやろ～」

ウキウキした顔でうなずく亜梨沙さんの横で、紀実ちゃんは線香花火の束をむんずとつかんだ。

「てことで、線香花火対決の続きをしましょう。亜梨沙さん、アイデア料として裏技を教えてください」

「ちゃっかりしてんなあ。ちょっと、顔貸しぃ」

ふたりでコソコソ話をしはじめたけれど、亜梨沙さんの地声は大きい。

「まずは先端をねじって、持ち手を四十五度にして――」

はっきりと裏技が耳に入ってくる。

苦笑していると「ねえ」と健太が挑むような顔で言った。

「あたしの大切な唐麻さんとなにかあったでしょ。ふたりの態度があからさまにぎこちないんですけど」

　ここで否定しても健太はしつこく食い下がるだろう。しょうがないとあきらめて、健太のそばに移動した。

「それがね……唐麻さんの元気がないから気になってて」

「あんたが気にしてもしょうがないでしょ。そういうのはあたしの役目なの」

　シッシッと追い払う手をつかんだ。

「健太は知ってるの？」

「知らないわよ。別にいつもと一緒じゃない。ていうか手を離してよね。この手は唐麻さんとつなぐためにあるんだから」

　ジッと目を見ても嘘はついていなそう。健太は奥さんが亡くなっていることを知らないんだ……。

「聞いてみればいいじゃない。あの人、嘘をつく時はあごに手をやるから」

「それは知ってるんだ？」

「それは、ってなによ。みんな知ってるわよ。ほら、あの時もそうだったじゃない。あ、しまった」

　急に口をつぐんだ健太。

　もう一度、その手に触れると、

「いやあああ！」

悲鳴をあげて飛びのいてしまった。亜梨沙さんの逆で健太は女性嫌いなのかもしれない。

「あの時ってどの時のこと？」

「知らないわよ！」

両手でつかむ仕草をすると、ようやく観念したのか「もう」と頬を膨らませた。

「このこと、唐麻さんには内緒にしてよ」

そう前置きしてから健太は声を潜めた。

「実は、あんたがポボアードしている時に営業の人が来たのよ。その人、身長が高くて若くてイケメンでね。まあ、唐麻さんほどじゃないわよ。でも彼ったら、あたしにほほ笑んでくれて――」

「健太」

軌道修正の合図に、健太はハッと我に返ってくれた。

「と、とにかくポボアード中に悪いなあ、って思いながら二階へあがったの。その時にね、ちょうど唐麻さんがあごに手を当てていたのよ。たしか内科の話をしてたわ」

「内科？　帆心総合病院じゃなくて？」

唐麻さんのくせは最近気づいたばかり。そう言えば、何度かポボアードの時にその仕草を見た気がする。

「盗み聞きしたわけじゃないのよ。ほんとにたまたま聞こえただけなんだからね」

「うん」

うなずくと健太は安心したように胸に手を当てた。

「帆心じゃなくてナントカ内科って言ってたわ。たしか……エノシマとかツキシマとか」

「あ……」

ドキンと胸が跳ねるのと同時に、びゅうと宙を切る風の音がした。

小学五年生の夏休み、家出をした私が出会った病院が月島内科。唐麻さんに尋ねた時、たしかにあごに手を当てて『聞いたことがない』と言っていた。

それが嘘というのは一体どういうことなの？

「あ、唐麻さん」

亜梨沙さんが私の頭の上あたりを見て言ったので驚く。ふり向くと、いつの間に近くにいたのか、唐麻さんがガートを抱いて立っていた。

私よりも驚いたのだろう、健太が「きゃあ」と悲鳴をあげて立ちあがった。

「と、と、唐麻さん⁉　やだ、いつの間に……。いけない、あたし今日夜勤だったわ！　お先にごめんなさい！」

大慌てで健太が砂を散らして逃げていった。

「なんだあれ。夜勤ならとっくに遅刻の時間だろうに」

不機嫌そうにそう言ったあと、唐麻さんは鋭い目で私を見下ろした。

「ちょっと時間もらえるか？」

私の返事も待たずに唐麻さんが戻っていく。今の会話を聞いていたのは間違いないだろう。

さっきより海風は激しく髪に肩に、吹きつけている。

唐麻さんは店に戻ると二階ではなく厨房へ入っていった。遅れて扉を開けると、唐麻さんは丸椅子をひとつコンロの向こう側に置いた。ここに座れ、という意味だろうか。立ちすくむ私を置いて、唐麻さんは冷蔵庫を開けたり器具を並べたりし出した。それが終わると黒色のエプロンを身に着けた。なにか調理をはじめるみたい。

「まさか健太さんに聞かれていたとはな」

玉ねぎをみじん切りにしながら唐麻さんは言った。

と言うことは、嘘をついたってことだ。信じられない気持ちで包丁を操る唐麻さんを見る。

「嘘をついたんですか？　唐麻さんは……月島内科を知っていた。そういうことですか？」

体から力が抜けてしまい、丸椅子に崩れるように座る。シャコンシャコンと包丁が音を立てている。

ボールに切り終わった玉ねぎを移した唐麻さんが、宙に向けてため息を放った。

「知っている。ここが、そうなんだよ」

「ここが……？　だって、元々ご両親が住んでいた家だって……」

「月島内科を開業していたのがうちの父親。母親はそこで看護師をしていたんだ」

「え、待って。わからない……」

あの看護師さんの苗字は月島さんだった。看板にもネームプレートにもそう記してあったはず。もしここがそうだとしたら、諸越という唐麻さんの苗字がおかしいことになる。

混乱する私を置いて、唐麻さんは鉄製のフライパンを手に取るとコンロに火をつけた。

「昔から続く開業医だった。父親が跡を継いでいたんだけど、十年前……胡麦さんが迷いこんでから三年後、父親が亡くなったことで閉院した」

この香りは、焦がしバターだ。フライパンに入れた玉ねぎを炒めながら唐麻さんは続けた。

「母親は余計な詮索をされぬよう苗字を元に戻し、わざわざ隣の市の病院まで行って働いていた」

「唐麻さんは元々、月島唐麻という名前だったのですか？」

「ああ」

だとしたらなぜ月島内科を知らないと嘘をついたのだろう。疑問が湧きあがるのと同時に答えが脳裏をよぎった。

私が月島さんとの思い出を話したからだとしたら？　私を傷つけないようにかばって

くれたのだとしたら……？

　ゴクリと唾を呑みこむのと同時に唐麻さんは言った。

「母親は五年前に亡くなった」

　母親と言うのは月島さんのことで、私を助けてくれた人で、看護師を目指すきっかけをくれた人で……。混乱する頭の中で知りたくなかった答えが形になる。

　月島さんは、もうこの世にいない……。

「どうして……。どうして内緒にしていたの……ですか？」

　かすれた声を咳払いでごまかした。崩れそうなほどの悲しみが足元から這いあがってくるのを感じる。

「月島内科について尋ねた時の君の精神状態は危うかった。もしも母親のことを知ってしまったら、壊れてしまう気がしたんだ」

「……私のために？」

「ショックを与えたくなかったんだ。嘘をついてすまなかった」

　たしかにあの日にそのことを耳にしていたら、ここで働いていなかっただろう。それどころか、唯一あった希望さえ失くしてしまったかも。

「三年前に妻までも亡くした。詳しい事情は言いたくないが、結局、俺の家族はみんないなくなってしまったんだよ」

　炒める手を止めずに唐麻さんは淡々と言う。

「大事な家族を守れなかった俺に誰かを癒す力なんてない。両親は病気だったけど妻は……違ったんだ」

「唐麻さん……」

「病院を改築してカフェを開いた。なのに自費で診療している自分が不思議だよ」

トマトソースの香りが厨房に広がっていく。

ああ、唐麻さんが作っているのは、あの日月島さんが作ってくれたオムライスなんだ。バターを塗り直したフライパンで卵を焼いている。

「親のレシピを教えてもらっていたんだ」

丸皿に盛られたオムライスは卵が分厚くしっかり焼けている。鮮やかな黄色の上に波模様でケチャップが塗られている。

「あの日のオムライスと同じに見えます」

「胡麦さんが覚えていたこと、きっと母親もよろこんでるよ」

スプーンを手渡すと、唐麻さんは「どうぞ」と言って洗い物に取り掛かった。

「いただきます」

卵の下には朱色のケチャップライスが現れた。

口に運ぶと同時に、薄れていた記憶が一気によみがえるのを感じた。

夏のにおい、セミの声、つんざくようなブレーキ音、転んだ時に見えた斜めの空。駆け寄る月島さんの心配そうな顔。そして、このオムライス。

あ……テーブルの向かい側に誰かが座っている。高校生くらいの男性が私の顔を覗きこんできた。

——『ねえ、君はどこから来たの？』

やわらかい声が聞こえた気がしてハッと顔をあげた。

あの日……二階のテーブルで一緒に食べた男性がいた。月島看護師が『息子なの』と紹介してくれた彼は——。

「私……唐麻さんと会っていたんですね」

水道の蛇口を止めた唐麻さんがニッと笑った。その顔があの日の彼に重なる。

やっぱりそうだ。泣きそうな私をやさしく慰めてくれたのは、唐麻さんだった。

「やっと思い出してくれたか。母が急に女の子を連れてきたからビックリしたよ」

私たちはあの日、この場所で出会っていた。

大切な人の死をいくつも見送った唐麻さんは、きっとぶっきらぼうにならざるを得なかった。私も親との確執に悩み、この間まで自分の気持ちを話すこともできずにいた。

そんなふたりが、十三年という長い時間を隔て再会できたんだ……。

「お互いに名前を名乗った記憶もないけれど、六月に新堂さんが連れて来た時にわかったんだ。あの家出少女だって」

「すみません……覚えていませんでした」

「小五ならそんなもんだろ」

そっけない口調でもやさしく聞こえるのは、思い出のオムライスのせいかもしれない。

ああ、そっか。もう月島さんには会えないんだ……。

ぶわっとこみあげてきた涙が一気にこぼれ落ちた。

「おい、泣くなよ」

困ったように唐麻さんは頭をかいた。

「私……月島看護師に会って、看護師になりたいって思って……だけど辞めてしまって……」

あんなに憧れた看護師の職を辞めてしまった。それが情けなくて恥ずかしい。

「辞めたことに後悔はないだろ？」

「でも、でも……」

嗚咽を漏らす私に、「なあ」と唐麻さんが顔を近づけた。

「逃げるが勝ち、って亜梨沙さんに言ったんだろ？」

「はい」

「逃げ出して道に迷っても、あとで正しい道だったと思えばいいんだよ。ここには君の選んだ道を応援する人がいるんだから。胡麦さんは自分の人生を好きに生きていいんだよ」

唐麻さんの言葉が魔法のように心の暗闇を取り除いていく。

涙味のオムライスを飲みこむと、重い気持ちが少し軽くなったのを感じた。

応援してくれている人を応援できる私になりたいと、本気で思った。

泣き止んだ私に唐麻さんは目じりを下げてほほ笑んでくれた。

「あの、唐麻さん」

思いを言葉にすることを、私はもう迷わない。

「ん？」

「もう少しここで働かせてください。私、カウンセリングについて学ぼうと思っているんです」

弱い自分がコンプレックスだった。ここで働く日々が、それを強みに変えてくれたんだ。だからこそ、もっと知識を身に付けたい。

フライパンを拭きながら唐麻さんが肩をすくめた。

「じゃあ正社員として働くか。そのほうがより勉強になるだろう」

思ってもみない提案に驚く私に、唐麻さんはおかしそうに笑った。

「自分で言っておいて驚くなよ」

「いえ……。まさか正社員だとは思ってなくて……。いいんですか？」

ほかの仕事を見つけて、休みの日に働かせてもらうつもりだった。それなのにまさか、正社員で雇ってくれるなんて。

「雇用条件を見てからで構わないから」

「はい。あの……」

「なんだ、まだあるのか？」

ぶっきらぼうな唐麻さん。その瞳にはやっぱり悲しみが宿っている。

「いつか私は……唐麻さんの悲しみを癒すことができますか？」

スタッフやお客さんを癒すだけではなく、目の前にいる唐麻さんを救いたいと思った。

目の前が一瞬翳ったと思ったら、唐麻さんが右手を私の頭の上に置いていた。

「もうとっくに癒されてるよ」

そう言ってやさしく唐麻さんはほほ笑んだ。

新しい人生がはじまった気がした。

# エピローグ

秋になっても、海はなにも変わらない。

砂浜に寄せる波をテーブルを片づけつつ眺めている。

「ちょっと、あたしもう限界なんだけど。休憩に行かせてくれないと倒れちゃうかも」

周りに客がいないことを確認してから、甘えた声で健太が近づいてきた。

「今日は忙しかったもんね」

「紀実のやつ、今度会ったらただじゃおかないんだから」

「そんなこと言って。どうせ、デビューのお祝いパーティでもしてあげるんでしょ？」

紀実ちゃんが先日受けたオーディションで、見事に役を射止めたのだ。元々受けた主役ではなく親友役での合格らしいけれど、それだってすごいことだ。

昨日の夜、紀実ちゃんは電話で号泣し、私も一緒に泣いて喜んだ。

今日は事務所にお礼の挨拶(あいさつ)と今後の打ち合わせに行かなくてはならないそうだ。

図星だったんだろう、健太は「う」と短くうめいた。

「お祝いパーティなんてしないわよ！　あ、でも……大人として少しは祝うかもだけど」

「はいはい。もうすぐ克弥くんの出勤時間だから先に休憩入ってくれていいよ」

「ほんとにパーティなんてしないんだからね」

最後まで憎まれ口を叩いて、健太は休憩に入ってしまった。

ランチタイムが終わると、ティータイム目当てのお客さんが続々と来店した。

「お疲れ様です」

青いジャケットに身を包んだ克弥くんがフロアに顔を見せた。女性客のほとんどが克弥くんを目で追っているのがわかる。

「克弥くん、今日もよろしくね」

「今日は初めての曲もあるので緊張します」

楽譜を手にした克弥くんは、初めて会った時とは別人のよう。豊かな髪を左右に分け、背筋もまっすぐに伸びている。大きく笑った時だけに現れるえくぼは、本人でさえもその存在を忘れていたそうだ。

イケメン具合に拍車がかかった克弥くん。今は彼を目当てに訪れるお客さんも少なくない。いや、かなり多い。

グランドピアノに向かった克弥くんが、なにか思い出したようにふり返った。

「昨日、亜梨沙さんから手紙が届きました」

「亜梨沙さんの部屋にも私宛てで届いたよ。まさかの沖縄でしょう?」

「北海道のはずでしたよね?」

夏の終わりがやはり惜しくなったのか、亜梨沙さんは沖縄でシュノーケリングに精を出しているそうだ。

ピアノへ向かって歩く克弥くんを拍手が迎える。私が好きなのは、このあとの時間だ。克弥くんが椅子に座ると、店中の音という音が消える。息をするのも忘れ、最初の一音を待つ光景に毎回涙が出そうなほど感動してしまう。

今、美しい指が鍵盤(けんばん)にのせられた。

左手が和音を弾き、右手が美しくもせつないメロディを奏でる。今日のために練習を続けていたバッハの『平均律クラヴィーア曲集　第一巻　八番プレリュード』だ。

美しい音がフロアを包みこみ、天井に向かって広がっていくようだ。

愛(いと)しそうに鍵盤に指を走らせる克弥くんを見ていると、涙がこみあげてきそうになった。表現方法をメモ帳からピアノへ変えたんだ。そう思ったから。

亜梨沙さんの部屋に引っ越しをしてから、親との関係は改善されている。母はなにかにつけて電話をしてくるようになったし、実家にもたまに帰っている。

食事をしていても前のような険悪な雰囲気はなく、ぎこちなくも近況報告をし合っている。

時間とともに世界は変わっていく。

私がここで働いていることを、いつか正しい道だったと思えたらいいな。

新しいスタッフの面接をしていた唐麻さんが二階からおりて来た。

私を見つけると、チョイチョイと手招きをしている。

「はい」

行くと、唐麻さんのうしろにかわいらしい女性が立っていた。大学生くらいだろうか、目が合うと恥ずかしそうにうつむいてしまう。

「今度、働くことになった。ええと……なんだっけ？」

「リュー・メンです」

「インドネシアから来た留学生でな――」

「違います。マレーシアから来ました」

メンさんは流ちょうな日本語で話している。

「名前がいいだろ？　メンなんて、この店にピッタリだ」

それは主食の『麺（めん）』を連想してのことだろう。

首をかしげるメンさんに、

「気にしないでね」

とほほ笑んでから、店の外まで見送ることになった。

「これからお願いします」

頭を下げるメンさんは、来週から勤務を開始するそうだ。

「お客さんが増えているからとても助かります。私のことは胡麦と呼んでください」

「はい、わかりました」

背中を見送っていると、波の音が遠くから近くから聞こえる。

「ぬお」

足元にガートがやって来た。ひょいと抱えると、うれしそうに顔をこすりつけてくる。
お互いに癒されながら、これからもここで生きて行こうと思う。
駐車場から女性がふたり歩いてきた。
ガートを床におろすと私の足元にサッと隠れてしまった。
「いらっしゃいませ。ようこそSESTAへ」
店内から、ピアノの音がやさしく耳に届いた。

本書は書き下ろしです。この作品はフィクションであり、登場する人物・地名・団体等は実在のものとは一切関係ありません。

# 君(きみ)の青(あお)が、海(うみ)にとけるまで

いぬじゅん

令和5年 12月25日　初版発行

発行者●山下直久

発行●株式会社KADOKAWA
〒102-8177　東京都千代田区富士見2-13-3
電話　0570-002-301（ナビダイヤル）

角川文庫 23952

印刷所●株式会社暁印刷
製本所●本間製本株式会社

表紙画●和田三造





●お問い合わせ
https://www.kadokawa.co.jp/（「お問い合わせ」へお進みください）
※内容によっては、お答えできない場合があります。
※サポートは日本国内のみとさせていただきます。
※Japanese text only




ISBN 978-4-04-114408-4　C0193


◇◇◇

# 角川文庫発刊に際して

角川源義

第二次世界大戦の敗北は、軍事力の敗北であった以上に、私たちの若い文化力の敗退であった。私たちの文化が戦争に対して如何に無力であり、単なるあだ花に過ぎなかったかを、私たちは身を以て体験し痛感した。西洋近代文化の摂取にとって、明治以後八十年の歳月は決して短かすぎたとは言えない。にもかかわらず、近代文化の伝統を確立し、自由な批判と柔軟な良識に富む文化層として自らを形成することに私たちは失敗して来た。そしてこれは、各層への文化の普及滲透を任務とする出版人の責任でもあった。

一九四五年以来、私たちは再び振出しに戻り、第一歩から踏み出すことを余儀なくされた。これは大きな不幸ではあるが、反面、これまでの混沌・未熟・歪曲の中にあった我が国の文化に秩序と確たる基礎を齎らすためには絶好の機会でもある。角川書店は、このような祖国の文化的危機にあたり、微力をも顧みず再建の礎石たるべき抱負と決意とをもって出発したが、ここに創立以来の念願を果すべく角川文庫を発刊する。これまで刊行されたあらゆる全集叢書文庫類の長所と短所とを検討し、古今東西の不朽の典籍を、良心的編集のもとに、廉価に、そして書架にふさわしい美本として、多くのひとびとに提供しようとする。しかし私たちは徒らに百科全書的な知識のジレッタントを作ることを目的とせず、あくまで祖国の文化に秩序と再建への道を示し、この文庫を角川書店の栄ある事業として、今後永久に継続発展せしめ、学芸と教養との殿堂として大成せんことを期したい。多くの読書子の愛情ある忠言と支持とによって、この希望と抱負とを完遂せしめられんことを願う。

一九四九年五月三日

# 君がオーロラを見る夜に

いぬじゅん

**オーロラよりも輝く奇跡が、ここにある。**

静岡に暮らす大学4年生の市橋悠希(いちはしゆうき)は、過去に背負った心の傷を抱えたまま大学卒業までの日々をやり過ごしていた。ある日彼の前に現れた空野碧(そらのみどり)という少女に「いつか、オーロラを見にいこう」と言われ、二人は日本一寒いと知られる北海道のとある町に旅立つ。碧に振り回されながらも、少しずつ前を向き始める悠希。旅の終わりで二人が見つけた小さな奇跡とは——。青春の中でキラキラ光る切ない涙が心を動かす感動の物語。

角川文庫のキャラクター文芸

ISBN 978-4-04-109180-7

# チルチルサクラ
## 〜桜の雨が君に降る〜

**いぬじゅん**

**明日の自分の力になる、ビタミン小説！**

空美姫花はぽっちゃり系高校1年生。クラスで主役になるのは諦めて、平凡に目立たず生きてきた。しかし入学式の日、桜の下で鮮烈な出会いが。美形の先輩で、作家の卵でもある悠真だ。彼の所属する文芸部に入るが、親友の杏奈も彼に恋しているらしい。ある日、事故に遭いかけた姫花は、来世の自分と名乗る女性から「事故で死ぬ運命だった」と告げられる。しかし死の期限を延期できたからと、あるミッションを課せられて……。

角川文庫のキャラクター文芸

ISBN 978-4-04-111147-5

# 紙屋ふじさき記念館

## 麻の葉のカード

ほしおさなえ

**「紙小物」持っているだけで幸せになる!**

百花(ももか)は叔母に誘われて行った「紙こもの市」で紙の世界に魅了される。会場で紹介されたイケメンだが仏頂面の一成(かずなり)が、大手企業「藤崎産業」の一族でその記念館の館長と知るが、全くそりが合わない。しかし百花が作ったカードや紙小箱を一成の祖母薫子(かおるこ)が気に入り、誘われて記念館のバイトをすることに。初めは素っ気なかった一成との関係も、ある出来事で変わっていく。かわいくて優しい「紙小物」に、心もいやされる物語。

角川文庫のキャラクター文芸

ISBN 978-4-04-108752-7

# 銀塩写真探偵
一九八五年の光

ほしおさなえ

## 胸を打つ永遠の一瞬がある

陽太郎の師、写真家の弘一には秘密の顔があった。それは銀塩写真探偵という驚くべきもの。ネガに写る世界に入り、過去を探れるというのだ。入れるのはたった一度。できるのは見ることだけ。それでも過去に囚われた人が救いを求めてやってくる。陽太郎も写真の中に足を踏み入れる。見たのは、輝きも悲しみも刻まれた永遠の一瞬で――。生きることとは、なにかを失っていくことなのかもしれない。哀切と優しさが心を震わす物語。



ISBN 978-4-04-106778-9